NOS

CB066794

FELIPE FRANCO
MUNHOZ

MIENTIRAS

Esta obra foi selecionada pela Bolsa Funarte de Criação Literária

FUNDAÇÃO NACIONAL DE ARTES
funarte

Ministério da
Cultura

GOVERNO FEDERAL
BRASIL
PÁTRIA EDUCADORA

Para o grande amigo e mestre Humberto Werneck.

———————— Salve, Philip, nobre homem!
– Quem é você? O que estou fazendo aqui?
– Felipe. Conversando.
– Como?
– Felipe. É esse o meu nome. Coincidência, não?
– Onde estamos? Isso, isto?, é um café.
– É.
– Quase nada mobiliado, sem cores.
– Com apenas o necessário.
– Necessário? Para *quê*? O que está *acontecendo*?
– Acontecendo? *Tu se' lo mio maestro e 'l mio autore, tu se' solo colui da cu'io tolsi lo bello stilo.* Um livro.
– Sei, sei, um livro. Outro livro. Onde fica a saída?
– Saída?
– Para a rua. Estou indo embora. Estou cansado de psicóticos.
– Ainda vamos conversar bastante, Philip. Acredite. Não sou qualquer psicótico. E, na verdade, só passei neste café, neste *Canto I*, para me apresentar. [risos] Nesta selva selvagem. Preciso ir. Preciso encontrá-la. Estou atrasado, preciso correr.
– E eu?

— Qual era a minha roupa quando a gente se conheceu?
– No bar? Um vestido.
– Cor?
– Verde.
– Azul. Azul-turquesa.
– Quase.
– Você deveria lembrar.
– O álcool.
– Álcool?
– Eu não estava sóbrio.
– É verdade. Nem conseguia dançar.
– Eu tentei dançar?
– [risos] É.
– Vamos?
– O quê?
– Dançar.
– Agora?
– Sim.
– O homem conduz.
– E?
– Você não consegue. E estou cansada. Melhor ficarmos na cama.
– Também estou cansado.
– Que frio! Meu cabelo, no bar; cacheado assim?
– Não, preso.
– *Liso* e preso. Com trança interna.
– Trança interna?
– Eu mostrei!
– Do que mais eu não me lembro?
– Você disse que era advogado.
– Mesmo?
– [risos] Não, publicitário.
– Publicitário.
– Confere?
– Confere.

— [risos] Pediu uma dança. Então fui assediada.
— Foi?
— Muito. Gostei, hoje, quando você ligou.
— Que bom.
— Mas não se preocupe.
— Claro.
— [risos] Não quero um marido.
— O que é que você quer?
— Não sei.
— E o que é que você quer de mim?
— Um pouco de companheirismo. Talvez um pouco de conhecimento. Sexo. Prazer. Não se preocupe. É isso.

——————————— Quem você precisava encontrar?
— Thaís.
— Quem é Thaís?
— Conhecemo-nos em um bar: estreito, simples. Eu convidei Vamos dançar?
— Certo.
— Me chame de Felipe, apresentei-me; ignorando a colocação pronominal adequada e tentando lembrar qual livro começava assim.
— *Moby Dick*.
— Exato. *Moby Dick*.
— Vocês dançaram.
— Não. Ela só dança com homem que sabe dançar. Não é o meu caso.
— Bonita?
— [risos] Claro. Trinta anos. Advogada. Falando em idade, você está bem, Philip. Quase oitenta. Muito bem.
— Obrigado. E a sua idade?
— Minha idade? [risos] Isso não se pergunta. Onde fica nossa discrição?
— Prefere falar sobre o quê?

– Literatura?
– É a sua área de interesse.
– Nós estamos aqui.
– Então fale sobre isto aqui.
– Um café, um livro.
– Sobre?
– Calma.
– Qual é o meu papel?
– Um dos protagonistas.
– Eu tenho escolha?
– Não.
– Reflita bem, Felipe.
– É o que farei durante os próximos meses: pensar em você durante seis, oito, às vezes dez horas seguidas, todos os dias; trocar a minha solidão pela sua; habitá-lo, Philip, você que, por enquanto, em nada se parece comigo; desaparecer dentro de você; torná-lo, com o passar do tempo, a figura mais importante da minha vida.
– Você consegue deduzir a possível consequência disto? Você quer ser um texto ambulante? Vale a pena?
– Quem sabe.
– Como está se sentindo?
– No começo. Caminhando no escuro.
– Começar um livro não é prazeroso.
– Não mesmo. Caminhar no escuro de sentença para sentença. Mas é isso o que me faz seguir em frente.

―――― Música?
– Pode ser.
– Do que você gosta?
– Pode escolher.
– O seu estilo preferido.

– Jazz. Mas escuto várias outras coisas. Sou eclético. Pode escolher.

– [risos] Eclético? Não parece.

– De T. Dorsey a Caetano Veloso. Eclético e popular.

– O problema é sair da cama. Frio, frio, frio!

– Quer o lençol? Pronto.

– Meus dentes, viu?, estão batendo.

– Logo esquenta. Logo, logo. Vamos deixar a música para mais tarde.

– [risos] Acho que só o lençol.

– Não é suficiente?

– Não.

– Venha mais perto.

– Assim?

– Mais.

– Assim? Acho que estou sendo assediada.

– Novamente?

– Mas no bar o assédio foi psicológico. Agora é assédio sexual.

– Assédio psicológico?

– [risos] Assédio mental. Fui vítima de assédio mental.

– Cabe um processo.

– Não me fale em processos, por favor. Ei! Cabe é um grito de socorro.

– Os vizinhos.

– [risos] Socorro!

– Thaís. O que eles vão pensar?

– Você ainda não me viu gritando. Você ainda não viu nada.

―――――――――― Como é que você escreve? Não se incomoda de eu perguntar?

– Não. E olha que a maioria das pessoas nem quer saber. Para elas, quanto menos souberem, melhor.

– Pois eu quero saber.

– [risos] Para quem procurava a saída, até que; bom, é como se eu tivesse um mapa para seguir. Não do que virá, mas do que ficou no passado. Com o mapa você localiza a lembrança, vivida há tempos: dez, quinze anos atrás.

– Só isso? Quinze no máximo?

– Philip, é tudo relativo. Depois que a localizo, venho aqui com um ferro. Aquele ali. Um ferro de dois metros e pouco. E afundo dez, quinze anos, mais ou menos. Assim determino onde fica o parágrafo novo.

– Confuso.

– Você afunda, ele bate, você escuta. Lembranças, vozes; remorsos, muitas vezes. Então pego uma caneta e escancaro na folha esse turbilhão todo. *Pego um pau e assinalo no chão o lugar onde vai ficar a sepultura.*

– E?

– Com base em uma armação de madeira, que eu coloco no solo, vou cavando.

– Já?

– Não. Primeiro corto a camada de terra com a grama junto da armação. Uso uma colher de pedreiro. Então recorto em pedaços quadrados e empilho atrás da cova, para ninguém ver, porque eu não quero bagunçar o lugar do enterro. Eu não quero bagunçar o lugar do texto. Quanto menos terra, mais fácil de limpar depois. Não gosto de fazer bagunça.

– Eu também não gosto.

– É. Deito uma tábua atrás da cova, e é para lá que levo os quadrados de grama, a impressão desatenta, com o forcado. Organizo tudo formando um mosaico. Leva três ou quatro meses. Trabalhoso. Finalizado, começo a cavar.

– Diferente, o método; eu diria.

– Uso duas pás: uma quadrada para o ponto em que está fácil e é possível retirar mais terra, depois

outra, redonda, com ponta, uma pá comum. A pá que todos usam para cavar normalmente, uma pá comum. Quando a terra não está completamente sólida, quando ela está úmida, eu uso a pá grande e consigo retirar bastante de cada vez. Vou jogando dentro do livro. Cavo da frente para trás, remoendo tudo.
A margem da cova, eu acerto, durante esse processo, com a colher de pedreiro. Uso também um forcado reto para alisar as beiradas; acerto e corto as pontas, deixo bem retinho. Reviso tudo, tudo, tudo. Você tem que ir acertando enquanto cava. Os trinta primeiros carregamentos do livro eu levo para uma área do cemitério que serve de lixo. Lá, esvazio o livro e volto, e encho outra vez, e vou, e esvazio. Trinta minutos. Aí eu já estou mais ou menos na metade do serviço.

– Do começo ao fim, leva quanto tempo?
– Vários meses, talvez anos. Várias insônias.
– E há quanto tempo você trabalha nisso?
– O tempo todo. A vida toda. É um bom ofício.

A gente consegue pensar em tanta coisa. Mas é trabalhoso, doloroso. Está começando a incomodar minha coluna, horas sentado, curvado. Tudo para deixar a cova bem reta, com fundo liso. Um metro e oitenta de profundidade. Espero que fique bonita, que dê até para pular lá dentro. Como dizia o velho que me ensinava quando comecei Tem que ficar tão liso que você possa fazer a cama no fundo. Eu ria muito quando ele dizia isso, mas é assim que as coisas funcionam: tem que ser um buraco com um metro e oitenta de profundidade, e tem que ficar bem-feito para a família, e também para o morto. Conhece A. Lobo Antunes? Lobo Antunes enunciou, em conferência, O livro é o travesseiro que o escritor vai fazendo, durante a vida, para se deitar. E meu amigo Humberto Werneck, ele foi o mediador da conferência, disse-me Não é para se deitar e ver televisão, não, Felipe, é muito mais sério: é para se deitar e morrer. Morrer. E o corpo lavado com água, envolto em mortalha, colocado em uma simples caixa de madeira.

— É muito sério. Você se importa se eu ficar assistindo?

——— Gostou? [risos] Foi bom para você?

— Foi. E para você?

— Amei.

— Mas aqueles gritos, ontem; você parecia mais animada.

— Às vezes tenho vontade. Às vezes. [risos] Ontem eu fiz a festa. Que seja a primeira de várias.

— Com certeza. Várias posições.

— Todas elas.

— É exuberante.

— O quê?

— O seu corpo.

— Sei.

— Escultural. Você é linda.

— Felipe, Felipe.

— Verdade.

— É.

— O que você tem?

— Nada.

— Nada? Pode falar.

— Não. Melhor não.

— Querida. Algo a ver com as posições? O corpo?

— Não! Deixa para lá.

— Você ficou acanhada.

— Não. Só. Eu só. Quero usar o banheiro.

— E?

— Na sua frente, não sei.

– Você está segurando?
– [risos] Estou.
– Fique tranquila, eu espero.
– Posso vestir sua blusa?
– Claro.
– Prometo ficar animada, mais animada.
– Mais do que ontem?
– Vamos para o chuveiro.
– Tudo bem.
– Vamos fazer a festa no chuveiro.

——————————— Remoendo bastante?
– Remoendo com dúvidas. São detalhes. Sobre cores, o fio de costura; quando penso no travesseiro que venho fazendo.
– Detalhes?
– Lugares-comuns, *Fazer a festa*, *Corpo escultural*, são aceitáveis? Quais são e em quais situações? Procuro evitá-los. Sinto que talvez eu possa fazer a festa, mas se feita em um corpo escultural extrapola. Pequenos detalhes. A linguagem oral, por exemplo. *Me chame de Felipe, apresentei-me; ignorando a colocação pronominal adequada e tentando lembrar qual livro começava assim*. Isso jamais poderia ser uma fala verossímil. Artificialismo puro. Como ser fiel à linguagem oral?
– É isso o que você quer? Trocar artificialismo por coloquialismo?
– Não sei.
– Fidelidade?, verossimilhança? Primeiro, você deve ter em mente que somos apenas vozes. O fluxo é diferente.
– Mas Thaís
– Não importa

– Nunca entenderia

– Não importa. Você está excluindo a pontuação final

– Estou

– E agora? E com esta interrogação?

– Ela pode ficar

– Exclamação também?

– Ainda não pensei o ponto de exclamação

– Resolve? Apagar a pontuação final

– Teríamos uma fala sobre a outra. Não é assim que as pessoas conversam?

– Teríamos? E as devidas pausas?

– Quando a pausa for maior, fica o ponto mesmo.

– Esqueça. Deixe para o leitor discernir

– Será? E o uso de contrações? Devemos falar como J. Steinbeck, por exemplo? Eu ainda

– É isso o que você quer?

– Não. Gosto dele, mas.

– Está respondido. Você pode fazer o que quiser. Os personagens de Steinbeck estavam trabalhando

– E estou com as pernas cruzadas sobre a escrivaninha, por acaso?

– Mas temos consciência de que você trabalha em um livro.

– Entendo.

– Eles têm consciência de estar no mundo

——— Cê vai embora, já?

– Você adormeceu. Está ficando tarde.

– Volta amanhã?

– Claro

– Amanhã é sexta. Num trabalho no sábado. Podemos ficá até o sol nascê, né?

– Podemos.

– Olha ali. Esse baita prédio tapa o sol. Ali. Antes de construírem. Mais. Antes era mais bonito.

– Você vai adormecer novamente, Thaís.

– Uh-huh

– Você disse alguma coisa?

– Uh-huh

– Não consigo entender seus resmungos.

– Deixa pra lá.

– Estou indo, Thaís. Thaís? Thaís? O que faço com a porta?

– Como?

– Fica destrancada?

– Num segundo eu. Levanto e.

– Certeza? Não prefere que eu jogue a chave pelo vão da porta?

– Como?

– Eu tranco por fora e jogo a chave.

– Uh-huh. Tenta. Se der certo. Leva essa taça? Pra cozinha

– Levo

– Ah

– Fale.

– Tira ela do chaveiro, tá? Pra conseguí passá. Boa noite

– Boa noite.

– Boa noite. Volta amanhã. Volta. Vol.

— Cê? Né? Pra? É isso o que você quer?

– Thaís não tem a mesma consciência que nós.

– Isso importa?

– E quanto ao uso de pessoas misturadas? Você, deixa para lá; você, olha ali; você, desculpa. E quanto aos resmungos? Uh-huh. Fico tentando lembrar os textos que. *O som e a fúria*, por exemplo, é cheio de transgressões à norma culta. Quase fiel. Bem próximo da realidade.

— Nunca será, Felipe. Você pode experimentar à vontade. Não adianta cortar frases pelo meio: *lembrar os textos que*. Nunca será real. Não é uma conversa de fato. Não é a vida de fato. Palavras, sendo palavras, apenas se aproximam da coisa real. E não importa quão perto você chegar, você apenas chegará *perto*. Proceda, então, da forma em que você, ou *cê*, transparecerá você mesmo.

— Tudo bem, vou pensar no assunto. E os pontos finais? Quando estou andando pela rua, desocupado, gosto de passar o tempo fingindo que meu pensamento não tem qualquer pontuação.

— [risos] Do jeito que J. Joyce fingia que as pessoas pensavam.

— E então lembro W. Faulkner a melhor parte aquela famosa do retardado já perdi as contas quantas vezes li talvez fingir não acha conversarmos assim também do jeito que eles inventaram *De repente vem alguma coisa em itálico, alguma coisa do passado* mas Faulkner separa essas ideias com pontos você sabe apenas solta a mão de vez em quando [risos] claro não estamos falando de cinquenta páginas e parece bem próximo da linguagem oral e Benjy retardado nunca entende os pontos de interrogação é incômodo no início talvez eu devesse não cortar só os pontos finais mas voltar lá atrás e tirar a sua interrogação também Ela não pode ficar e eu agora não diria soltar a mão parece displicente e quanto a reticências não ridículos três pontos a exclamação sim meu trecho preferido é *Caddy tinha cheiro de árvore na chuva* e você parece Philip estar ficando entediado ou ameaçador *O ponto de exclamação não se assemelha a um ameaçador dedo em riste?* T. Adorno! Foi só um teste, nada disso, tudo bem.

– Você trabalha em um livro; não está andando pela rua, desocupado.

– Foi só um teste.

– Você não está desocupado pela rua, é muito mais sério: está cavando.

– E a sua chave?

– Amanheceu em frente à porta. Nós combinamos isso?

– Não se lembra?

– [risos] Quase. O álcool. Brincadeira; o sono, principalmente.

– O sono. Fiz várias perguntas.

– Felipe! Fez?

– Perguntei qual era a minha roupa quando a gente se conheceu.

– E?

– Resposta incorreta.

– [risos] Duvido. O que mais?

– O que mais o quê?

– Foi perguntado.

– Só isso.

– Minha vez. Posso fazer uma indiscreta?

– Claro.

– Quantos anos você tem?

– Eu? Trinta. Trinta e um.

– Quando é seu aniversário?

– Março.

– Dia?

– Dezenove.

– Signo?

– Signo?

– Era só para continuar o interrogatório.

– Pode continuar. Mas nada de signos, por favor.

— Deixe-me ver. Idade, aniversário; você trabalha amanhã?
— Trabalho. Sem folga. Sem final de semana.
— É uma agência de propaganda?
— Isso.
— O que você faz?
— Roteiros. Faço roteiros para comerciais. E alguns anúncios também. Compre, compre, compre.
— [risos] Você gosta?
— Gosto.
— Você mente?
— Eu. Thaís. No raro necessário. O que fazer?
— [risos] Já precisei mentir também. Felipe. A pergunta indiscreta, lembra?, ela vem agora.
— Faça.
— Você precisa dormir cedo?
— Eu fico um pouco mais.
— Um pouco? Até o sol nascer?

——— Além do mais, seria impossível conversar com alguém que disparasse a falar tudo o que pensa.
— Foi só um teste.
— Você e Thaís são praticamente desconhecidos.
— Por isso venho *contendo* as falas. Poucas palavras por linha. Existe o tom sexual, que movimenta os amantes, mas, em contrapartida, ainda existe vergonha, por exemplo, quando ela precisa utilizar o banheiro.
— Sua ideia é aumentar a convivência, perder a vergonha, para expandir as falas.
— O que você acha?
— Não sei. Os dias aqui e as noites lá.
— Intercalados.
— Todos os dias.

– Sem falta.
– É. Tenho escolha?
– [risos] Não.
– Mas, Felipe, trinta e um?
– Exagerei?
– E dezenove de março? *Dezenove de março*.
– [risos] A única data que me veio sob pressão.
– E além de aumentar a idade, você inventou uma profissão.
– Inventei.
– Publicitário?
– As agências não exigem excessos de seus criativos? Tornei-me um deles. Tenho *insights* repentinos, rabisco roteiros fáceis e frases curtas sem qualquer lampejo inteligente. Assim, posso chegar tarde na casa dela, posso ir embora cedo. Posso até receber *jobs* em finais de semana.
– Interessante.
– O que eu não posso, de forma alguma, é dormir lá. Nunca. Minha ficção rende melhor pela manhã.
– Respeite seus horários. Quando a mente fica alerta para o trabalho.
– E voltar pela manhã, no dia seguinte, para casa.
– Catástrofe.
– A profissão, ela não foi tão inventada; cheguei a cursar Publicidade e Propaganda. Por dois anos. Então larguei para me dedicar exclusivamente à literatura, minha área de interesse.
– Você não gostou.
– A pior época da vida. Não fiz amizades, não participei de festas ou reuniões. Perdi tempo. Tive esperança de que algo melhorasse no segundo ano, quando eu não fosse mais um calouro, e perdi mais tempo ainda. Hoje, tenho apenas raiva de tudo aquilo.
– Foi inesquecível.

— [risos] Inesquecível. Conviver com pessoas de nenhum caráter reverenciando produções de nenhuma relevância. Imagino o cotidiano em agências: falso, egocêntrico e presunçoso, com seus artistas comerciais arrogantes. A solitária ficção pode ser esmagadora: rituais, temas, sentidos; mas isso é problema exclusivamente meu.

— Qual a sua maior dificuldade?

— No momento? A maior dificuldade. Que nossos diálogos pareçam diálogos.

————— Quando tentamos dançar, aquele dia, tive certeza de que nos daríamos bem.

— Mesmo?

— Eu me senti atraída oop. Oop.

— Soluço?

— [risos] Sim. Íntima, até. Oop. Maldito oop soluço!

— É a grande piada biológica: você fica íntimo antes mesmo de conhecer qualquer coisa sobre a outra pessoa.

— Oop verdade! Com você foi oop assim também?

— Foi, foi. E o mais curioso é que a atração não precisa ser equivalente: você está atraída por uma coisa, eu estou atraído por outra.

— Oop!

— É a vida.

— Quero falar alguma coisa filosófica e só consigo um soluço. [risos] Droga.

— Beba água.

— [risos] Não precisa. Vai oop passar. O que é a vida, Felipe?

— A vida? Boa pergunta. Acho que devo simular um soluço uup agora.

— [risos] Não vale!

– Não sei, Thaís.
– Nem eu. Oop. Droga. Pelo jeito, não vai passar. Eu oop eu estou atraída por uma coisa, sim; você, por outra, mas qual?
– Uup.
– [risos] Então?
– Vamos guardar esses motivos conosco.
– Será?
– Você não concorda?
– Oop.

―――――― Você passa as tardes comigo neste café, as noites no apartamento dela. Quando escreve?
– O tempo todo.
– E pretende chegar? Em um romance longo?
– Ainda não sei. Caso demore, quer algum animal para lhe fazer companhia?
– Não.
– Cachorros? Um aquário?
– Não.
– Você já teve bichinhos de estimação?
– Dois gatos. Por alguns dias.
– Quais eram os nomes?
– A e B.
– [risos] A e B. Não deu certo.
– Não. Felipe, você e Thaís fazem sexo religiosamente.
– Religiosamente. Dou início ao diálogo após o último suspiro de prazer.
– Pós-coito.
– [risos] Pós-coito.
– É isso? O possível romance longo. Sexo, bichinhos de estimação, literatura. E falas contidas. Nenhum *background* para Thaís.

— Estou. Ainda estou elaborando, rascunhando em guardanapos no café da manhã, tentando encontrar a cor do fio. Para então começar o travesseiro.

— Preste mais atenção no que *já* está acontecendo. E o passado é fundamental. Foram citados Faulkner, Joyce, Steinbeck, Melville, darei minha contribuição: pense em F. Scott Fitzgerald. O que é que Scott Fitzgerald falou? *Assim seguimos adiante, barcos contra a corrente, arrastados sem trégua rumo ao passado.*

— A formação.

— É importante. Dê mais atenção ao *detalhe*. À imensidão do detalhe, à força do detalhe, ao peso do detalhe.

— Certo.

— Mais atenção ao cenário.

— Certo. Obrigado.

— Posso fazer uma pergunta básica? Por que Thaís?

— Ela é simpática.

— Boa de cama?

— Cada vez melhor. [risos] *Religiosamente.*

— E quando ela menstruar?

— Qual é o problema?

— O que você vai fazer? Suprimir os diálogos?

— Philip. O que vou fazer? Esse tipo de detalhe, que interfere na privacidade, eu prefiro deixar de fora, entende?

———— Você apareceu em uma fase difícil da minha vida.

— Difícil?

— Muito. O meu último relacionamento, ele não estava legal.

— Não? E acabou? Digo, em definitivo?

— Acabou, acabou.

— Mas e essa voz?

— O quê?

— Você falou com uma voz tão.

— Triste? Sabe, ele tentou me estrangular. Duas vezes. Foi assim o término.

— Estrangular? Duas vezes?

— Ele é viciado. Eu já parei, graças a Deus. Só o cigarro que não consegui largar. Estávamos bem, normal. Perguntei se ele queria comer alguma coisa diferente, queria, comprei morangos. Voltei para casa com uma sacola de morangos e ele disse que havia feito as malas. Final da tarde: seis, sete. As malas? Eu chorava, chorava; ele Estou indo embora. E pediu que eu ficasse quieta e mandou que eu calasse a boca e gritou que eu engolisse as lágrimas, porra. Eu chorava mais. Fiquei nervosa. Acho que ele não suportou o choro e pulou no meu pescoço.

— Complicado. Faz tempo?

— Foi na semana em que a gente se conheceu. Você demonstrou um carinho por mim, pedindo nada em troca, um carinho tão grande. Algo que ninguém já havia feito. *Ninguém*. Obrigada. Azar o seu. Não fico sem: quero visitas noite após noite. E eu sei que é só isso. Um pouco de companheirismo, prazer. Esse carinho gratuito tão grande. Sabe o que foi mais importante? Você não pediu explicações, não perguntou o que aconteceu. Todo mundo perguntou, todo mundo pergunta. Isso é que foi importante. Simplesmente abriu os braços. E abraçou forte.

— Eu percebi que você estava abalada.

— É essa a diferença.

— Posso tirar uma dúvida? Uma pergunta?

— [risos] Qualquer coisa.

— O primeiro estrangulamento, como aconteceu? Você comentou sobre um primeiro estrangulamento. Por que esperou o segundo?

— Não consigo entender. Carência. Não consegui entender, na época, exatamente o que se passava. Ele prometeu nunca mais pirar. Nunca mais vou pirar, juro, juro. Foi ciúmes. Ele achou que eu olhei para outro cara na rua. E discutimos. E o resto.

— E a polícia? Ao menos chamou a polícia?

— [risos] Fiz pior. Fiz um ato de terrorismo. No dia seguinte, peguei a cartela de Tegretol, que ele tomava no tratamento de cocaína, joguei alguns comprimidos fora e saí para o escritório. Esqueci a cartela amassada no meio dos lençóis.

— Você é excelente terrorista. Ele viu?

— Claro.

— E?

— Ficou desesperado. Funcionou. Pediu desculpas, Nunca mais vou pirar, juro, juro. Até eu voltar, cinco meses depois, com uma sacola de morangos e quase morrer asfixiada.

— Excelente terrorista. Mas sabe o que deveria ter feito?

— Chamado a polícia?

— Pisado em tinta vermelha antes de sair. Imagina? Algumas pegadas do banheiro para o quarto, daqui para o elevador. Seria fantástico.

— [risos] Verdade. Mas acho que ele perceberia pelo cheiro, am; Felipe. Obrigada. É isso que é importante. E agora não fico sem: quero visitas noite após noite.

— Azar o meu.

——————— Isso, *boom*, a *dimensão*. Encontrou a cor do fio? Ela sempre esteve aqui, não esteve?

— Existe alguma coisa inexplicável que me arrasta noite após noite ao apartamento de Thaís. Simpática. Boa de cama. Seria o bastante? Não sei. E é como se eu não me opusesse a desenrolar essa linha invisível, desenrolar esse fio que é minha prisão.

– Ao contrário de Teseu.

– E existe alguma coisa ainda mais inexplicável que não me deixa estocar o Minotauro, que não me deixa sair do labirinto.

– Talvez seja tudo o que há para extrair da Minovaca Thaís.

– [risos] Sua mente romancista. É. Pode ser. Mas não consigo enxergar o quê.

– Tenha calma com o processo, Felipe. Os vários.

– Vou tentar.

– Ela conhece mitologia grega?

– Duvido muito. E com certeza não é aquele quarto.

– Aquele quarto?

– Para me atrair. Tem a cama *king size*; o aparelho de som; a folha de palmeira curvada em forma de cruz.

– Em forma de cruz?

– Na parede. Ela ganhou da avó, já falecida, em um Domingo de Ramos. E não é o pior. Tem a vela, a Vela Eterna.

– Vela Eterna.

– Trinta centímetros. Dentro de um vidro grosso. No rótulo há um retrato do Sagrado Coração de Jesus e uma prece: Ó Sagrado Coração de Jesus, que disse Peça e receberás. Recordo até aí.

– Você é católico?

– Sou batizado. Comunguei uma vez.

– Católico. Há Velas Eternas em seu quarto?

– Não. E no de Thaís, nunca vi acesa. Decoração? Fica ali, estéril, na cômoda.

– Menos mal.

– E a Régua Sagrada não é o pior.

– Pode ser pior?

– Um retrato de Jesus de perfil, rezando, pendurado acima da cama. Não fica bem.

– Nada bem.
– E pode ser pior? Pode. O pior, Philip, é a estátua.
– Outro Jesus?
– A grande estátua de gesso da Mãe Abençoada. Melhor se fosse da Palas Atena, [risos] virgem também.
– Ela é fanática.
– Mas não importa. Afinal, é boa de cama *king size*. Basta, somente, extrair mais.
– E mais.

——— Fiz um doce, quer?
– Pode ser.
– Chinelo, chinelo, pijama. Eu pego. Deixei no forno, mas já deve estar frio.
– No forno?
– [risos] Desligado, Felipe. Você entende alguma coisa de cozinha? Você costuma cozinhar?
– Não.
– Pede comida pronta? Sou péssima cozinheira, mas faço jantar todos os dias.
– Péssima? Aposto que é charme. Quando vou experimentar?
– Tenho vergonha.
– Vergonha de mim, linda?
– Se meu doce for aprovado.
– O que é?
– Pronto. Bolinho de chocolate; a cobertura, de frutas vermelhas. Meu carro-chefe.
– Que delícia.
– Gostou? Frio?
– Uma delícia.
– [risos] Passou no teste? Se fosse com chocolate preto, ele não grudaria nas bordas. Ficaria melhor. Eu não tinha preto. O preto fica melhor, crocante por

fora e, por dentro, por dentro fica meio derretido.
Macio. Uso na próxima vez. Eu prefiro o preto.
Fica melhor. Receita de um namoradinho.

– Adolescência?

– Época da faculdade. Foi horrível quando terminamos. Demorei bastante para superar.

– Superar?

– Já foi traído?

– Já.

– Ele me traiu. Ele namorava mais três meninas.

– É, você não teve sorte com relacionamentos.

– Mais três! Nas cidades ao redor, acredita? Galã, sedutor, atraente. E dessa vez eu tive sorte, sim; a mais iludida estava noiva, coitada. Acontece. [risos] Valeu pela receita.

– Ótima receita. Obrigado. Vou buscar uma água.

– Autorização indeferida.

– Indeferida?

– Eu quero, antes, vinte beijos.

─────────────── Certo. Eu vivo trancado aqui. Thaís, em seu inferno. E você? O que faz para não jantar sozinho?

– Eu não janto.

– Mas comeu o bolo frio de chocolate.

– Não havia alternativa. Ela serviu em uma espécie de caneca. Fiquei sem graça. Não falaria Desculpe, querida, eu não gosto de morango e amora e *blueberry*. Quase me esqueço: fui buscar água, em repúdio ao sabor açucarado na boca, e a porta divisória para a área de serviço estava mais ou menos aberta.

– Sei.

– Vi algumas frutas pelo chão, espalhadas. Intrigado, cheguei mais perto: estavam todas

amassadas, pisadas. Ela pisou, Philip, em cima
e fez pegadas. Pezinhos quase apagados,
pequenos. Ela espalhou pegadas vermelhas
pelo azulejo!

– Vocês falaram sobre isso no outro dia.

– Não fica surpreendido? Falar é uma coisa.

– É humano, Felipe. A vida humana é assim.
Ela só quis fantasiar sua potência. As possibilidades.

– Eu posso falsificar pegadas. Eu poderia ter
assustado.

– Ou ainda: isso aqui poderia ser sangue para valer.
É normal. Vamos falar sobre coisas importantes: de
chocolate, você gosta?

– Olha.

– Onde estão os garçons neste lugar?

——— Tudo bem se eu acender um cigarro?

– Claro. Para repor as energias?

– [risos] Tudo bem o cheiro? Um segundo, eu
abro a janela.

– Meu pai fumou durante anos.

– E você?

– Tenho bronquite.

– Jura? Eu apago.

– Não, querida.

– Eu apago. Não sabia. Deu tempo?

– Tempo?

– Você ficou asmático? Eu quero um homem
com fôlego.

– Ele continua igual.

– E como são as crises?

– Fortes.

– Afunda aqui?

– Afunda.

— Que aflição! É bem onde precisa furar quando alguém engasga; com uma caneta esferográfica, sem carga. Eu vi na televisão. Suas crises são fortes, mas muito fortes?

— Já fui reanimado com adrenalina.

— O quê?

— Duas vezes.

— Santo Deus! Jura? É aquela no coração? Aquela dos filmes?

— Na veia. Eu era criança. Hoje, a saúde cem por cento.

— Remédios?

— Tomo Seretide.

— Não era cem por cento?

— Oitenta? Setenta?

— [risos] Não brinque mais com doença! Amorzinho. Estou ficando com frio.

— Quer um abraço?

— A janela.

— Eu esquento você.

— Felipe. As cortinas abertas.

— E?

— Deixe o meu roupão no lugar. Ali, quantos apartamentos em volta.

— As luzes estão apagadas.

— Felipe. O fôlego.

— Continua igual.

——————————— Açúcar?

— Puro.

— Imaginei.

— Obrigado.

— Tanta chuva incomoda.

— Mesmo?

— É incessante.
— É isolado. A chuva, acostuma. E tento mantê-lo o mais confortável possível. Nenhum jornal, nenhuma revista, nenhuma algazarra de televisão.
— Horas e horas para pensar.
— Sossego. Descanse. Algo preocupa você?
— Minhas pontes de safena.
— Safena? Pense em hostilidades concretas: buzinas do trânsito ou telefonemas durante o trabalho. Aqui não há buzinas, aqui não há telefones.
— Eu estava adaptado à vida anterior.
— E rejeitar este oásis?
— Que não existe.
— Vire a xícara, então, de uma vez. Queimará a língua. Quer alguns livros?
— Por favor.
— Os clássicos? E. I. Lonoff?
— Aceito.
— Anotado. Mais algum? O *Carnovsky*?
— Não. O que você tem lido?
— Sobre religiões. Pesquisa.
— Interesse específico?
— [risos] Interesses profissionais.
— Falando nisso, como foi a sua primeira comunhão?
— Foi estranha. Aquele cheiro no confessionário.
— Como cheira um confessionário?
— Madeira velha, uma floresta em decomposição. Você ajoelha à meia-luz e dispara, sem receios, a mentir. Depois o padre manda que você reze determinado número de penitências e pronto, limpo, absolvido. Primeira e última comunhão.
— [risos] Compreendo.
— Vestir o fardo Pecador, sentir culpa.
— Você rezou a penitência?
— Não. Sentei no meio da igreja e fingi, durante cinco ou seis minutos, o arrependimento. Até ser

obrigado a entrar na fila para receber o corpo de Cristo, eucaristia; um pedaço de pão diferente, arredondado, que gruda no céu da boca. Vinho só para o padre, egoísta.

– Jovem demônio.

– Comer Jesus ou não comer Jesus era indiferente. Minha mãe dizia Não morda a hóstia. Quem morde a hóstia, morre. Por que, mãe? A hóstia é o corpo de Cristo.

– Muito religiosa, ela?

– Católica, mas não. Por sinal, completamente judia.

– Ao mesmo tempo? Católica e judia?

– [risos] A efígie mais fiel possível da mãe judia. Uma autêntica Roth'schild ou Portnoy. Sempre deixando impecáveis a casa, o filho e o estômago do filho. Mesmo assim, acho que se divertia, simplesmente, pregando essa peça da hóstia.

– Você mordeu?

– Fiquei desgrudando o corpo de Cristo; o corpo de Cristo esgueirava-se pelas frestas dos dentes; o corpo de Cristo engalfinhado nos molares. E Não morda a hóstia. [risos] Um inferno, aquilo.

– [risos] Imagino.

– Este é o meu corpo, este é o meu sangue. [risos] Sangue de Cristo? Melhor é nosso café sem açúcar, viver o sossego isolado e devorar os clássicos.

– Um oásis.

──────── Não está com frio?

– Hoje não. É a sua vez. Lençol?, cobertor?

– Obrigado.

– O que você pensa de mim?

– Você é bonita.

– Só isso?

– Penso outras coisas também.

– Por exemplo?

– Não sei explicar.

– Então o publicitário sabe falar sobre a aparência. Como se eu fosse um produto, um anúncio Compre, é bonita.

– Não veja por esse ângulo. Explicar o que penso a respeito de você; falta convívio.

– Tudo bem. Quer saber mais? Pergunte. Vamos lá.

– Olha.

– Mudei-me para a capital em busca de uma vida melhor. Meu pai também é advogado. Quando me formei, tudo já estava decidido. Eu trabalharia no escritório dele, herdaria a boa clientela. Não. Decisão rejeitada. Estou aqui há oito anos, batalhando há oito anos. Batalhando no escritório, batalhando no apartamento. Ah, café; hoje não tenho bolo, mas passei um café antes de você chegar. Quentinho.

– Aceito. Mas a vida, então, não seria ruim.

– Não. Disse Melhor por querer algo a mais. Eu pego. Viu meu chinelo? No interior, parece que nada muda.

– Tudo imóvel. Tudo se repete o tempo todo: no cotidiano, nas gerações; o tempo se repete.

– Não estou certa? Achei.

– Em parte. No interior, tudo se repete, mas repete com precisão o que acontece nas grandes cidades. Ou, pode-se dizer, o que se repete nas grandes cidades. Consegue me ouvir daí? No microinterior, temos um médico, um bar, um restaurante: a rotina. Ainda no interior, mas em regiões mais populosas, tudo vai aumentando. Até chegarmos na metrópole, megalópole; reflexos que dilatam. Mudam certos costumes, conceitos, maneiras de falar. Mas a tristeza por perder quem se ama é igual, as angústias do homem são as mesmas.

– Isso é um tanto amargo. [risos] Só falta dizer que toma café sem açúcar.

– Sem açúcar, obrigado. Além do mais, há um trecho de J. Salter: *Não sabia que a verdadeira felicidade é ter a mesma coisa o tempo todo*. Fato que ninguém percebe. E os pequenos momentos de felicidade, que deveriam tomar conta de nós, continuam existindo inacessíveis dentro dos dias.

– Nossa. A verdadeira felicidade. É. Sabe, amor, existe algo que nunca menciono. Sempre a versão Em busca de uma vida melhor. Mentira. Chega.

– Mentira?

– Eu não conseguia ficar perto do meu pai. Às vezes eu queria explodir uma bomba perto dele.

– Como? Você queria matá-lo?

– Sim. Não. Outra pessoa, qualquer pessoa. Para que ele sofresse até a morte. Porque foi inaceitável.

– Inaceitável? O quê?

– Eu tinha onze anos, apenas onze, e pedi um beijo: se ele me beijaria como beijava a mamãe. Ele negou. Argumentei que merecia. Já havia pedido outras vezes, mas não entendia exatamente o que estava pedindo. Não posso imaginar o que ele pensou, mas ficou um bom tempo pensando, longe, então me puxou pelo braço e colocou sua língua dentro da minha boca. Violento. Cinco ou dez segundos. Não achei aquilo inaceitável, mas ele se afastou; éramos companheiros. *Ele se afastou por causa daquele beijo*. Era curiosidade infantil! O senhor advogado lambendo a própria filha, ele deve ter pensado, parece um estupro. Aos dezesseis, eu fumava maconha, muita maconha. Desculpe estar falando isso para você. E meu pai Você largue a erva, Não pode sair da cidade, Você não pode, Você não pode. Eu achava que estava feliz, contestando a família, e tudo culpa dele, culpa do afastamento, por causa daquela merda de beijo estupro incestuoso. A época da faculdade, cinco anos, foi inteira assim. E teve a mamãe, a questão da mamãe. Na manhã da colação de grau eu fiz a bomba; eu cheguei a colocá-la na caixa de correio, que ficava no mercadinho. Arrependida, percebi o quanto as coisas estavam erradas. Eu precisava escapar antes que tudo piorasse e piorasse e piorasse. Meu pai Fique, temos o escritório para você, temos a clientela. Não. Mamãe calou-se. De carona, cheguei aqui; chorei por vários dias seguidos. Fumei por vários dias seguidos, centenas de baseados. Aquele homem do retrato, está vendo? Ele salvou minha vida.

——— Café? Dois, por favor!
– São as decepções que tomam conta dos dias.
– Infelizmente. Estou descobrindo, Philip, aos poucos, um ser humano. A metade mulher. Uma pequena menina.
– Essa menina está em toda parte.
– Interior, metrópole, megalópole.
– Toda parte.
– Salter definiu felicidade verdadeira no curso de um diálogo feroz mas dolorido e atravancado pelos sentimentos. Eu não gostaria de conversar com alguém naquela circunstância.
– E você não acha que os diálogos sempre estão obstruídos?
– Em *Bangcoc*, às migalhas da intimidade, há uma distância que machuca. Ex-marido, ex-mulher; machuca personagens, autor, leitor. Seria mais confortável na cama.
– Envoltos pelo frio?
– [risos] Claro, muito mais fácil.
– [risos] E se neste café?
– Aqui?, ah, estariam soltos, enfim.

— O pai da minha vizinha era alcoólatra, vagabundo.
– É?
– Nelson, o nome dele. Vivia chegando carregado, jamais trabalhava. Entrou em casa, um dia, e arrebentou as persianas. Deu para ouvir o barulho. Jogou água nas paredes, bateu na esposa. Deu para ouvir os gritos. Pouco depois, apareceram policiais e ele foi preso.
– Preso?
– Virou a grande notícia da cidade. Sabe quem ligou para a delegacia?
– Quem?
– Minha vizinha. A filha não aguentava mais aquele pai. Ah, desculpe.
– O que foi?
– Não é o momento ideal. Você já deve estar cheio.
– Pode falar.
– Desculpe, mas sabe o que eu queria fazer? Queria ligar para a delegacia também, colocar o *meu* pai na cadeia. Preso. E não havia acusação. Ele, o bom advogado; mamãe, Miss Interior na juventude.
– Miss Interior?
– É. Perdeu, depois, o concurso aqui na capital, mas naquele mato era rainha.
– Pelo jeito, você teve a quem puxar. Venha mais perto, linda, está frio.
– Não puxei a *ninguém*. Nossa família perfeita; acusação? Impossível. Nelson, o vagabundo, sim, poderia passar duas ou três noites na cadeia. Mas o bom advogado? Pensei nisso durante muito tempo. Eu ainda não queria matá-lo, entende? Duas ou três noites na cadeia. Apenas dar uma lição, apenas chamar atenção.
– *Estou aqui.*
– Preste atenção em mim, cuidado, posso fazer alguma coisa, cuidado. Eu vivia saindo da cidade, em fuga, para encontrar os amigos. Amigos entre aspas.

Achava que era feliz, fingia que era feliz. Eu não podia fazer coisa alguma.
— Carência.
— Foi sempre assim, mais de vinte anos.
— Passou, querida.
— Agora tenho você.

——— Não ficou surpreendido com a bomba. Não ficou surpreendido com a vizinha.
— É humano.
— [risos] Você está aprendendo.
— Estou? Philip. Estou mesmo é cheio de dúvidas. Tentando alcançar a sinceridade. É tão difícil. Construir em milímetros um livro. Em fluxo de consciência, *do jeito que J. Joyce fingia que as pessoas pensavam*, soa mais falso ainda, certo? Excluir os pontos finais também não soluciona, certo? Mas, não sei, e se nós fizéssemos *assim*?
— Assim como?
— Percebeu?
— Percebi.
— E não é uma boa ideia? Por exemplo, caso você pense bastante.
— A distância aparece maior.
— Isso.
— Besteira.
— Se você for interrompido antes de alguma palavra terminar, fica perceptível. Com mais ritmo, não acha? Mais ritmo de beleza.
— Não.
— Viu?, funciona. Porque às vezes um dos personagens faz uma pausa para refletir. [risos] Ou insere Nãos repentinos.

– Deixe para o leitor discernir.

– Outra opção. Escrever Silêncio e ponto, Silêncio e ponto, só, no parágrafo, caso você pense bastante; não ficaria melhor?

– Deixe para o leitor discernir. Isto aqui não é um filme. Deve ser lido e *interpretado*. E defina a coloração do fio.

– Mas sabemos que, de repente, a incerteza; infinitas dúvidas. Quando estamos escrevendo.

– Siga em frente. Vá.

―――――――――― Vem. Fiquei pensando em um tal Felipe no escritório. [risos] Conhece?

– Conheço?

– Um pedaço por lauda. Olhos. Nariz. Boca. O corpo. Só assim para encarar. É cansativo. Petições, audiências, prazos, prazos, prazos.

– Cansativo.

– As cortinas ficaram abertas outra vez.

– Tudo bem, a penumbra.

– E se mesmo assim alguém espiar?

– Não. Não com esse tanto de estrelas no céu. Veja, Cruzeiro do Sul.

– Acho que a poluição costuma encobrir as constelações.

– Sabe como chama aquela estrela a leste na cruz? Pálida.

– [risos] Publicitários decoram nomenclaturas de estrelas? Eu costumava olhar para elas, horas e horas, na infância. Tão bonitas. [risos] Compre, são bonitas.

– Não daria um bom anúncio?

– [risos] Será? Amor. Como foi a sua primeira vez?

– Faz tempo.

— [risos] Já esqueceu?
— Já.
— E o lugar mais estranho?
— Mais estranho? Serve Em público? Praia?
— Na areia? Desconfortável?
— Nem tanto.
— Quer saber o meu lugar mais estranho?
— Se você quiser contar.
— Dentro de um celeiro. Com o namorado [risos] que namorava mais três meninas.
— Foi bom?
— Foi desconfortável.
— E não havia constelações no céu.
— Não, não; só madeira velha para todos os lados. Melhor agora. Vem.

——————— Eu cresci na praia. Sozinho, olhando o céu. Riviera de São Lourenço.
— Na praia?
— Fui afastado de São Paulo devido à poluição, minha bronquite.
— Seu veredicto.
— [risos] Condenado: oito anos de isolamento.
— O paraíso.
— Aquele mar sem medo, sem fim, todas as manhãs na janela. Você não teve mar na infância, teve?
— Não. Venho da falecida cidade de Newark. E ela já foi mais estrelada.
— Meus pulmões condenaram-me ao paraíso; ao paraíso que não desfrutei. O magnífico espetáculo ficava por conta dos temporais. Talvez seja a imagem mais clara daquela época: os raios caindo no mar. Nuvens assustadoras, arroxeadas, e raios eletrificando longe. Quando o vento soprava forte,

espalhava areia por todo lado. Qualquer dia desses, outro dia, eu conto melhor. Vamos falar sobre você. Tem lido a obra de Lonoff?

– E relido.

– Já? E gostou? Quer livros novos?

– Por favor.

– Os clássicos? W. Shakespeare?

– Ótimo.

– *Otelo*, *Macbeth*, *Rei Lear*. Podemos encenar *Hamlet* aqui, o que acha?

– Péssimo.

– [risos] Participei de algumas encenações desastrosas no colégio. Sabe qual foi a primeira? *Sonho de uma noite de verão*. Há pouco tempo, dei uma olhada no texto e fiquei surpreso: completamente decepado. Fiz Egeu com uma trinca de falas. Minha entrada, que deveria ser *Feliz seja Teseu, nosso renomado Duque!*, tornou-se [risos] *Salve, Teseu, nobre homem!* Essa primeira vez, a primeira diante da plateia, eu não consigo esquecer.

– E a plateia julgando.

– E entendendo errado. [risos] Acontece. Newark já foi viva; como era? Muitas peças?

– [risos] Muito boxe. Tínhamos muitos lutadores.

– O que mais?

– Mais? Eu vim da zona industrial do norte de Jersey: longe de ser um paraíso. Nós tínhamos os cheiros repugnantes das refinarias, as línguas de fogo no alto das torres queimando o gás da destilação de petróleo. Em Newark, tínhamos as grandes fábricas e as pequenas oficinas temporárias, tínhamos a fuligem, tínhamos os cheiros, tínhamos os entroncamentos de trilhos de trem, pilhas de tonéis de aço, montanhas e restos de metal e os horrorosos depósitos de lixo. Quer mais? Tínhamos fumaça preta subindo de altas chaminés, fumaça à beça subindo de todo lado, e o fedor químico e o fedor de malte e, Felipe, o fedor da fazenda de porcos Secaucus que tomava de assalto o nosso bairro quando o vento soprava forte.

– Não são imagens nostálgicas.

– Não era um magnífico espetáculo.

——— O correio ficava no mercadinho. Eu poderia ter matado um inocente.

– Não aconteceu, querida.

– Uma criança, um médico. Imagina? Desde que falei para você, amor, não consigo tirar esse troço da cabeça.

– Venha mais perto.

– Sabe, aquela casa era horrível. Eu gaguejava, era a pior coisa do mundo: gaguejar.

– Mesmo?

– Fui para fonoaudiólogos. Nada. Eu ficava arrasada. Aí veio o psicanalista. Escreva um diário, o Diário da Gagueira. Eu devia ter onze anos, foi mais ou menos na época do beijo. Procurei o diário, inclusive, nesta semana. Um caderno com três argolas.

– Encontrou? Está aqui?

– Sim.

– Posso ler?

– Não. Tenho vergonha.

– Você não gagueja mais. Que besteira, não precisa ter vergonha.

– Eu tenho.

– Besteira.

– Então eu mesma leio, pode ser? Na gaveta. Uma página aleatória? Vamos lá. Quando gaguejo? Quando alguém me pergunta alguma coisa que exige uma resposta inesperada, que não pude preparar antes, é aí que é mais provável eu gaguejar. Quando as pessoas estão olhando para mim. Pessoas que sabem que eu gaguejo, sobretudo quando *elas* estão olhando para mim. E por aí vai. É triste.

– Passou, Thaís.

– Sabe, amor, a ausência do meu pai, o diário, as consultas; ao mesmo tempo. Eu não gostava do psicanalista. Escreva um diário. Aquela voz de pigarro. Ele fazia jogos e jogos tediosos. Não funcionava. E mamãe, a famosa ex-Miss Interior, o exemplo Miss Interior, saía com ele. Descobri no último período da faculdade, onze anos depois. Mamãe, a aclamada Miss Interior, trepava com o psicanalista que deveria cuidar de mim.

– Como você descobriu?

– Ficou público, cidade pequena.

– Uma repetição.

– Mamãe, a Miss Interior que deveria estar cuidando de mim, estava trepando com o canalha. Canalha. E eu ainda contei para ele sobre o beijo. Tinha medo de que ele me beijasse também, de que ele me lambesse com aquela voz de pigarro.

– Seu pai descobriu o adultério?

– Acho que sempre soube. Onze anos. Um caso de onze anos. Patético. Eles namoravam escondido. Em motéis, garagens, no divã. No divã em que eu me deitava.

– E a sua reação?

– Resolvi armar uma bomba. Foi inaceitável! Meu pai afastado, mamãe vagabunda. Então percebi quanto as coisas estavam erradas. *Todas* as coisas. Eu precisava escapar antes que elas piorassem.

―――――――――― Decente, essa ex-Miss Interior.

– Família perfeita. [risos] Das piores biografias.

— E não há nada de errado com a vida deles. Não é a máxima? O que, neste mundo, pode ser menos repreensível do que a vida deles?

— E Thaís? Ela, aos trinta, se tornou o quê? Durona? Esperta? Raivosa? Pinel?

— Durona, certamente no plano sexual, mas não pinel. Pelo menos acho que ainda não. Raivosa? Um pouco rude, mas se ela tem raiva é uma raiva furtiva: raiva sem raiva. Ressentimento, sim, caberia melhor. Agora, esperta ela não é. Ela tem uma coisa constante de menininha, de catorze anos, que é a coisa menos esperta possível.

— E no plano sexual?

— Na cama ela é esperta de verdade, Philip. Impressionante. Uma esperteza física espontânea assume o papel principal na cama; e o coadjuvante é uma coragem transgressora. Na cama, nada escapa de sua atenção. Nada. A carne dela tem olhos. Um pouco de companheirismo. Talvez um pouco de conhecimento. Sexo. Prazer. Não se preocupe. É isso: é suprir carências antigas. A carne dela vê tudo. Exatamente isso. Ela é um ser poderoso, muito poderoso, na cama; coerente, unificado, que tem prazer em ultrapassar as barreiras. Um verdadeiro fenômeno. Talvez seja o lado bom de tanta desgraça.

— E a nova desgraça, a pior de todas.

— Qual?

— Ter a vida escrita, exposta, destrinchada.

— Não tenho culpa, é minha profissão.

— Felipe, ela acredita que você escreve roteiros para campanhas publicitárias.

— Não havia pensado por essa perspectiva.

— Ter a vida esmiuçada, alterada, publicada; e ela nem sabe que está acontecendo.

— Eu deveria abrir o jogo? Mas se ela souber, deixará de comentar sobre infância e família.

– E o que você fará se ela pedir sigilo?
– Não mudarei uma letra. Pessoas razoáveis compreendem que, se a gente tem em alta conta a nossa privacidade e o bem-estar de nossos entes queridos, a última pessoa para quem se deve fazer confidências é um romancista produtivo. Amor, fui estrangulada pelo ex-namorado, mas não coloque isso em um livro; soa Amor, fui estrangulada pelo ex-namorado, mostre a todos como aquele psicopata lunático merecia a cadeira elétrica e não apenas o meu fraco, incompetente, passional, terrorismo dos remédios.

––––––––––––––––– E como acabou a gagueira?
– Parecia que não ia mais acabar, eu tinha tanta raiva. A ausência do meu pai, as consultas, o diário. Tudo colaborando para a conservação do problema. Como demorou. Da infância à faculdade. Quando escapei de casa, ainda gaguejava, consegue imaginar? Cheguei aqui e. Não. Não vou contar para você.
– Pode falar, querida. Pode falar. Tem vergonha?
– Não.
– Estamos a sós aqui, pode falar qualquer coisa.
– É que você; mas eu fiz porque se eu não fizesse. Convidei o primeiro desconhecido, um cara andando pela rua, para subir. Faltava mobília, faltava cama. Fizemos no chão mesmo, em cima do edredom esticado. Compartilhamos o travesseiro, o único da casa. Não trocamos uma palavra durante a noite, eu não queria conversa; queria fumar, queria um troço forte para tomar, ficar de porre. Acordei babando um pouco no braço dele, Ai, estou babando em você. E percebi que falei normalmente, não travou, não tropecei. Dolorida na bacia, meio de

ressaca; levantei e, sem gaguejar, disse Agora tenho a *minha* vida.

– A *sua* vida.

– Mesmo assim, chorei por vários dias seguidos. Era finalmente a minha vida. O ranço do apartamento mofado, o avesso do luxo com que eu estava acostumada, mas era o *meu* apartamento. Aquela parede pintada de cinza, cheia de marcas; ela já estava aqui: minha parede. Meu quarto, meu banheiro, minha maconha. Mesmo assim, chorei por vários dias seguidos; até que a Igreja veio para salvar.

– Entendo. O seu namorado, aquele, você nunca mais. Fico preocupado.

– Ele bateu na porta, bateu, bateu, bateu na porta, esmurrou a porta. E amoleceu.

– Que bom.

– Mas ele não encontrou o caminho da luz. Não aceitou Jesus Cristo. Ele não reza. Eu rezo todos os dias: acordo e rezo. A reza nos protege da peste perniciosa. Faz bem, a reza. Faz bem.

——— Abriu o jogo?

– Desisti. E se ela pede sigilo?

– Nenhuma letra seria alterada.

– Mas é melhor deixar por isso mesmo, não é? Pessoas razoáveis compreendem.

– Não compreendem. Não. E não esquive pela tangente. Você cortou, encerrou a nossa conversa de ontem quando lhe era mais oportuno. E não tente persuadir, como se ela estivesse implorando para ser esmiuçada. Contraditório. Thaís não falou uma palavra sequer conhecendo a verdade. A última pessoa para quem se deve fazer confidências é um romancista produtivo; de fato, mas ela *não sabia*.

– Philip, qual é a missão do escritor, do artista? Igualzinha há séculos. Continua sendo a de garantir a nuance, elucidar a complicação, sugerir a contradição. E não apagar a contradição. Eu poderia apagar esta conversa, agora que fui desmascarado. No entanto, a missão é não negar a contradição, mas sim ver onde, no interior da contradição, encontra-se o ser humano atormentado. Levar em conta o caos, garantir que ele se manifeste. Você *precisa* garantir que ele se manifeste. De outro modo, você faz mera propaganda, se não de um partido político, de um movimento político, da vida em si mesma, da vida como ela gostaria de ser divulgada. As pessoas são assim, contraditórias, um indissolúvel caos. E não estou esquivando outra vez. A frase Amor, fui estrangulada, soa Amor, material para você; de qualquer maneira: Thaís sabendo ou não deste ofício. E não há nada de errado em nosso trabalho. O que, neste mundo, sulfúreo mundo, pode ser menos repreensível do que o nosso trabalho?

– Admito que me convenceu. Boa defesa, muito bem escrita. Já pensou em ser publicitário? Redator publicitário.

– [risos] Nunca.

──────── E se eu não tivesse jogado os comprimidos fora?
– Você quer dizer?
– E se eu tivesse tomado os Tegretols para valer.
– Não estaria aqui, provavelmente. Mas por que isso?
– Nada. Só fiquei pensando.
– Enquanto nós.
– Durante a tarde. Mas acho que não valeria a pena. Agora tenho você.
– Verdade.

— Imaginei um comprimido por lauda, só assim para encarar o expediente.

— Até escutar a voz do ansiolítico.

— [risos] Esperando a noite e a voz do seu sorriso. Eu gosto de você.

— Viu como não valeria a pena?

— Dorme aqui hoje?

— Não posso, querida.

— Não posso, não posso.

— Bravinha. Não está com frio?

— Não.

— Venha cá.

— Não posso.

———— Eu não diria ressentida, mas melancólica.

— Porque ela pensa em Tegretol? Não. Porque estraga uma boa metáfora. Ou porque simula pegadas de frutas vermelhas? É humano.

— E triste. Thaís foi traída e traída e será traída de novo.

— Você fala como se ela tivesse nascido para isso.

— Thaís adquiriu o hábito da melancolia. Faz parte dela. Sabe como a gente adquire esse hábito? Ao ser traído. A traição provoca isso. E você acredita que a cura está em brincadeirinhas de casal? Nem precisamos ir até a Grécia Antiga. Pense só nas tragédias modernas. O que suscita a melancolia, a fúria, a carnificina?

— Traição.

— Otelo, traído. Hamlet, traído.

— O pai de Thaís com a língua enfiada dentro de sua boca.

— E o companheirismo dissipado. Lear, traído. Macbeth; pode-se até alegar que Macbeth foi traído por Macbeth. Embora isso não seja a mesma coisa.

— O Diário da Gagueira e a *própria* língua. Não é a mesma coisa, mas.

— A traição encontra-se exatamente no coração da história. A história de alto a baixo. A história do mundo, a história da família, a história pessoal.

— E a história do passado de Thaís.

— É a história da traição.

— Tudo por causa daquele beijo. E o pai distante, traído.

— Ela também não conhece as tragédias? Pense só na bíblia. Sobre o que é o livro? A situação narrativa básica da bíblia. Adão, traído.

— Os desejos. Traído pela ex-Miss Interior, que se diverte com o psicólogo da filha. Às escondidas, em garagens. No divã em que Thaís é brutalmente traída por suas palavras gagas. Fúria.

— Esaú, traído. Os siquemitas, traídos. Judá, traído. José, traído.

— O primeiro namorado, infiel; a bomba na caixa de correio. Carnificina.

— Moisés, traído. Sansão, traído. Samuel, traído. Davi, traído.

— O mais recente, tentando assassiná-la; pés vermelhos de morango. Melancolia.

— Urias, traído. Jó, traído. Jó, traído por quem? Por ninguém menos que Deus. E não esqueça a traição de Deus. Deus traído. Traído a todo instante por nossos ancestrais.

———————— Qual seria a sua versão do paraíso?

— A praia em que cresci.

— Lá longe?

— Há vários anos.

— Sem me conhecer?

– Era isolado de tudo. Aquele mar sem medo, sem fim, todas as manhãs na janela. Ondas que vêm e fogem e nunca vão deixar de estar lá; mas aquele mar, *aquele*, específico, um dia fugiu para sempre. Algo ficou perdido pelo caminho.

– Nossa.

– Ficou perdido. E a sua versão, qual seria?

– Você.

———— Essa nostalgia toda. Fale a verdade, Felipe. A vida, ela não é um magnífico espetáculo.

– Estou falando a verdade. Não escondo: em Cubatão, por exemplo, também tínhamos fumaça preta subindo de enormes chaminés: maciça fumaça. Meu avô paterno batizou Isqueiros Gigantes, eu adorava, ria.

– Estava quase indo bem.

– E se eu disser que os Isqueiros perduram em atividade? Não consigo piorar a imagem? Em Cubatão existe a Refinaria Presidente Bernardes com quase sessenta anos de acidentes ambientais, mortes, vazamento de hidróxido de sódio, inalação de benzeno. Cubatão já foi considerada a cidade mais poluída do mundo.

– Fácil falar. Não é a sua cidade amada.

– E a poluição paulistana? Jamais tentei esconder. O Tietê, um rio que a própria cidade estragou: quando São Paulo está quente, parece que cheira pior.

– Isso.

– E o medo?

– Isso.

– O medo e o tédio da classe média. Tédio. Classe média. Elementos versificados por um velho amigo, descendência árabe, negra e russa, Allan Araújo

Zaarour. Mistura ímpar, imprevisível, incontrolável, que faz de São Paulo, São Paulo. Carregando o melhor dos tempos e o pior dos tempos na mesma rua.

– E a sua praia, como era o nome?, Riviera?

– De São Lourenço.

– Nenhum problema aparente.

– Ainda não estou preparado para seus desalinhos. De lá eu quero guardar a primeira volta de bicicleta; sem rodinhas, vento no rosto.

– Vento. Em dias que ele vinha do sul, sobre as refinarias Rahway e Linden, havia o cheiro acre de queimado no ar, mas durante as noites as correntes eram do norte, e o ar tinha o distinto fedor que era emitido da fazenda de criação de porcos Secaucus, a poucas milhas do Hackensack. Alma, rosto, narinas.

– Ainda tenho o que aprender.

——————— É urgente irmos a algum lugar mais estranho do que o celeiro.

– Urgente?

– Claro. [risos] Vamos, juntos, quebrar todos os meus recordes.

– O celeiro é um recorde?

– Lugar mais estranho.

– Quão estranho?

– Uma estufa. E tantos grãos.

– Espalhados?

– Organizados, até; em vários sacos.

– Sem constelações no céu.

– Foi durante a tarde. Alguma luz entrava pelas frestas da madeira. Foi rápido. Um dos sacos machucando minhas costas. Quatro ou cinco minutos e pronto.

– Entendo.

— Peguei minha calcinha do chão. O vestido, nem cheguei a tirar. Mas não um seminu sensual. Nada de vestido caindo levemente sobre o colo, como se aquele sexo efêmero fosse algo proibido, escondido.

— Não?

— Temíamos que aparecesse alguém, mas não; ele levantou até meus seios ficarem de fora.

— Faminto voraz.

— Aquele pano embolado só piorava.

— E suas costas doendo.

— Raspando nas ranhuras dos sacos. As pernas apoiadas firmes, duras. E pronto. Peguei minha calcinha do chão.

— Suja?

— Um pouco. Um pouco de lama.

— Caddy.

— O quê?

— Nada.

— Caddy?

— É uma personagem. Esquece.

— Vesti e fui embora, suada, as pernas tremendo, para tomar um banho de rio.

——————— Complicado. Eu queria dizer As pernas apoiadas tesas.

— Mas Thaís nunca diria Tesa.

— Nunca.

— Firmes, duras; ela descreveria assim?

— Mais provável.

— E Cheguei a *colocá-la* na caixa de correio? E sexo *efêmero*?

— Não provoque. Há polimórficas maneiras de falar.

— Ou de oscilar entre o coloquial e a norma culta.

— Não provoque.

– É você quem dá as cartas, de qualquer maneira.

– Nem sempre. É ela quem escolhe a música e conduz os passos.

– Mesmo?

– Em direção ao nauseabundo abismo. Talvez eu devesse apresentá-los, enfim. Acho que você conseguiria ser você mesmo com Thaís.

– E quem é esse?

―――――― Se eu fosse um produto para você anunciar, como seria? Compre, é bonita?

– Seria Compre, é bonita e faz perguntas embaraçosas.

– E é isso o que você pensa de mim?

– Só estava brincando.

– [risos] Ou desconversando. Você anunciaria qualquer coisa? Anunciaria cigarros? Uma cama boa?

– Uma cama boa? Claro.

– Mas e se a *minha cama*? Você anunciaria? Dorme aqui hoje?

– Anunciar a sua cama? Não trouxe a caixinha das lentes.

– [risos] Prefere, então, ceder para outro consumidor. Por lentes de contato.

– Posso ficar até tarde.

– Está melhorando.

– Até bem tarde.

– Bem tarde, quanto?

– Podemos começar outra vez.

– Já? Calma. A carne é fraca.

– Sustentando o charme?

– Enquanto a tentação aguentar.

– Continua resistindo?

– Talvez. É pecado isso?

— Isto?

— É indecente?

— Isto?

— Essa mão. Essas mãos. Eu sou uma. Sou. Mulher. Mulher decente. Cristã. Jura que não é pecado?

— Esqueça a Igreja. Eu era um jovem demônio.

— Esqueço. Ah! Se você jurar. Se você.

———— Logo após a primeira vez que Thaís mencionou o pai, ficamos cara a cara no escuro, em silêncio, por algum tempo. Sabe o que ela disse, então, sussurrando?; algo que havia acabado de descobrir.

— O quê?

— Esta é a única maneira de falar, não é?

— Sem roupa?

— Despida de tudo.

— Pode ser um grande problema.

— Sim. Porque talvez ela não contara tudo aquilo com rancor.

— Mas amor.

— Eu não posso envolver-me a tal ponto. Onde fica o Conhecimento. Sexo. Não se preocupe? *Jura que não é pecado?* Como assim? Ela quer um anel de compromisso? Um anel e seremos perdoados?

— Tenha calma. Espere.

— É.

— Agora: sendo a única maneira de falar, despido; como é que você escreve? Como é que você cava?

— Completamente nu.

— Sentado, curvado?

— Em uma escrivaninha, mas a coluna. Às vezes tento a cama também. Deitado. Uma grande cama vazia. Rodeado por vários romances. Olivetti. Uso uma velha Olivetti.

— A coluna.
— De vez em quando aparecem pedras aqui e ali. A cova. Parece que ela nunca vai ficar pronta, nunca vai ficar boa.
— Tenha calma, Felipe.

— Um jovem demônio?
— Fui batizado assim na escola.
— Na escola? Você era um peste? Era um baita malandro?
— Deslocado.
— Tão misterioso.
— Minha vida é um livro aberto, querida.
— Sei. Deslocado como?
— Sabe aqueles alunos transferidos de turma a cada mês, transferidos de colégio todo ano?
— Transferido? Por opção?
— Às vezes.
— Não acredito! Você foi *expulso*? O que você fez?
— Lascívias libidinosas com a professora de História.
— Jura?
— Brincadeira. Esqueci o verdadeiro motivo.
— E das suas antigas namoradas? Já se esqueceu delas também?
— De algumas.
— [risos] Tenho curiosidade.
— Sobre?
— Os amores do passado. Algum amor platônico?
— No singular, *algum*?
— Conte.
— O maior? P. Cruz.
— [risos] Maravilhosa. E os reais, quem são elas?
— Alice, Bruna, Fabíola, Bianca, Paola.
— Conte mais.

– Alice e Bruna moravam distante; Fabíola era a mais bela, disparado; Bianca brandiu, em minha jugular, uma faca de manteiga; Paola foi lacônica: telefonemas sucintos e flores, e foi-se.
– Foi-se?
– Por aliteração. Acontece.
– Aliteração?
– Nada.
– Um dia você me conta melhor sobre essas mulheres?
– Meninas. E acho que não. Está com frio?
– Demais. Ainda sobrou algum platônico?
– Penélope Cruz.
– Pois será resolvido já.

——— É muito sério. É muito laborioso.
– Lidar com mulheres em crescente paixão?
– Escrever. Despir Thaís. Redespir.
– Não gosta disso?
– E redespir. E reescrever. Todas as noites, todos os dias. Retirar camada por camada. Até a essência. E até entender que a essência de Thaís não pertence a Thaís. Não é parte dela.
– Mas sua.
– E do meu passado.
– E do *meu* passado.
– São memórias entrelaçadas. Vários nós. Várias e várias mulheres em cada palavra. É muito laborioso. Tenho medo.
– Medo?
– De esquecer o passado real. Transformar-me inteiro por aqui.
– E lidar com Thaís apaixonada?
– Laborioso também. Gosto dela, mas.

Interrogatórios sobre escola? Sobre antigas namoradas? Para quê?
– [risos] Você era o *baita malandro* que diz?
– [risos] *Baita*, não. Já falamos da turma judaica?
– Turma judaica? Não.
– Durou pouco.
– Desculpe o interrogatório.
– No meio do semestre, de repente, fui transferido para a turma dos judeus. Eu nem sabia da existência dessa turma, achava que fosse outra qualquer.
– Uma escola ecumênica.
– Ou preconceituosa? Por segmentar? E nas mochilas, de repente, vários adesivos com escritos em hebraico.
– Orgulhosos.
– Estrelas de Davi *et cetera*. Orgulhosos em especial, e eu não sabia, naquela época não poderia entender, mas era o ano em que celebravam o *bar mitzvah*.
– Conseguiu entrosar?
– Nunca fui convidado para almoços ou coisa parecida. Sem falar que durou pouco. Anos depois, na universidade, reencontrei uma das alunas, Marina Bergman. Está ficando tarde, depois continuamos, preciso ir. Estou atrasado, preciso correr.
– Encontrar Thaís?
– Reescrever.

– E agora, resolvido?
– Quase.
– [risos] Malandro.
– Quem sabe na próxima.
– Agora? Quero dormir cedo.
– Cedo? Por quê?
– Estou planejando ir à missa.
– Amanhã?

— Oito e meia. Vamos?
— Fica para a próxima.
— Ah. Por favor! Dorme aqui. Acordamos cedo.
— Outro dia, querida.
— Eu cozinho, depois, um almoço no capricho; você não queria experimentar meus dotes culinários?
— Outro dia, querida, prometo.
— Prometo recompensas.
— Quais?
— [risos] Tem que ficar para descobrir.
— Não precisava dormir cedo?
— [risos] Há exceções.
— Outro dia. Não fique nervosa. Bravinha. Venha.
— Outro dia.

——————— Em escola católica, você também já estudou?
— Já. Escola marista. Escola franciscana.
— Como eram?
— Iguais às outras. Exceto pela matéria Ensino Religioso.
— Em Weequahic, podia-se ver o muro de uma escola católica pela minha janela. Bastava atravessar a rua. Eu ficava imaginando o que acontecia por lá, imaginava que as crianças apanhavam dos padres. Que as crianças apanhavam com uma vara.
— [risos] Ao menos, em minha época não apanhávamos.
— Seus olhos ensimesmam neste assunto.
— Eu era adiantado e deslocado; Saltador, conhece? Por exemplo: na terceira série quando, pela idade, estaria na segunda.
— Fui um Saltador também. Coincidência?
— [risos] Escritores podem tomar certas liberdades. Brincadeira. Essa coincidência é autêntica. Mas os

olhos ensimesmam devido a inúmeros pontos. Enfim. Ninguém apanhava com varas.

– Meu primeiro conto, adivinhe o tema.

– Os saltos, a vara? Não faço ideia.

– Treze anos, a mesma idade em que abandonei as aulas de Hebraico na sinagoga; treze anos, quando deveria assumir as responsabilidades religiosas; com treze anos escrevi sobre um pequeno garoto judeu contemplando os muros de uma escola católica, através da janela do quarto, e imaginando como era viver atrás daquelas cercas, as cercas deles, no lugar das suas.

– Um começo e tanto.

– Padres, freiras, eu não entendia nada disso. Apenas sabia, todas as crianças do bairro sabiam, que eles odiavam judeus. [risos] O primeiro conto e as primeiras rejeições.

– Rejeições?

– Enviei, sob pseudônimo, a jornais e editores.

– Treze anos.

– Faz tempo.

– Ainda existe alguma cópia? Ou os originais.

– Não.

– Eu poderia reproduzi-lo aqui.

– Melhor não.

――――――― E bebês?

– Filhos? Não.

– Em casar?

– Não. E você?

– Não sei. Não quero uma família, estereótipo da perfeição, como foi a minha. Não. Os vizinhos são problemáticos: o Nelson *preso*; e a *filha* quem ligou para a delegacia. Nós? Vivemos sorrindo. Não quero.

– Similares famílias felizes. Entendo.

— Mas se você tivesse um bebê, qual seria o nome?
— Romeu.
— [risos] Romeu?
— Menina, Julieta.
— Felipe!
— Menina, Sofia.
— Jura?
— Sim.
— Eu queria um menino.
— E qual seria o nome?
— Romeu.

─────── Trouxe baralho. Buraco?
— Sim.
— De vez em quando, penso na forma como Thaís entrou em minha vida. Essa mulher já estava em mim antes mesmo de surgir. Você corta. Eu dou as cartas? Não consigo escrever sobre ela, não consigo escrever sobre ninguém. Mesmo quando tento, acaba saindo outra pessoa.
— Que já estava em você.
— Thaís nunca se entregaria como personagem literária madura.
— No final das contas, ela oferece-lhe pouco sobre o que trabalhar.
— Exato. O romancista precisa fazer com que sua personagem tenha alguma originalidade. Quando a grande maioria das pessoas não tem. Já posso baixar os jogos?
— Pode. A começar pelo próprio romancista, sem originalidade; sua família, todo mundo que ele conhece.
— Você precisa remoer o impacto inicial, extrair do impacto inicial, trabalhar sobre o impacto inicial;

talvez, por essa perspectiva, a convivência vá reforçando os limites da pessoa-personagem.

– Canastra suja.

– Isso; é isso: canastra *suja*. Nós temos coringas para distribuir aqui e ali.

– E terra.

– Não podemos, nunca, dispor do baralho completo na mão. Thaís é boa de cama *king size*. Ás. Sotaque interiorano. Dois. Traumatizada. Três. Mas e o Quatro? Ou, de repente, falta algum naipe; de repente, estamos míopes para alguma carta.

– Para várias cartas.

– Então vamos amadurecendo os personagens com nossos coringas. Vou crescendo Thaís; gosto dela, mulher que leva para a cama apenas o pior da sua biografia. É um direito. Sua calcinha enlameada ao chão do celeiro. Não se pode forçar alguém a deitar-se com o que tem de melhor.

– Melhor assim.

– O problema é: Thaís cresce e cresce, junto, sua paixão. Bebês? Nomes de filhos?

– Não é culpa dela.

– São as carências antigas?

– Veja, comprei a Dama. Dez, Valete. Bati.

——————— Coloquei o pijama.

– Por quê?

– Para você tirar. Para me despir. Outra vez.

——————— Basta que Thaís apareça naquele pijama para abarcar o quarto inteiro na palma da mão.

– Faz até o escritor esquecer-se do trabalho.
– [risos] Quase. Ontem ela queria mais, mais. E mais.
– E você?
– Em vez de ficar, corri para casa. Em vez de ficar, corri para escrever tudo o que havíamos conversado. Corri para tomar notas.
– Como era o pijama? Anotou isso também?
– Vermelho, macio, decotado. Eu não trouxe as notas. Nelas, a força descritiva é muito maior; e mais formal. Decotado, justo, bem justo, realçando os contornos. Com perfume de morango e amora e *blueberry*. Olha, para ser sincero, não tenho certeza quanto a isso. Tenho a impressão de que o vermelho escuro lembra um doce. Um doce que Thaís Meu carro-chefe.
– E o cheiro é evocado a partir da lembrança.
– Isso.
– Você gosta desse cheiro?
– Não. Ainda assim, ela veste aquele pijama e ganha o quarto. O pijama vermelho escuro. Macio ao tato, mas não deixa a língua deslizar. Trava. Eu poderia tirá-lo, a parte de cima, com a língua. Apenas pressionando em direção ao pescoço. E tiro. Depois, com as mãos mesmo, tiro a calça, e não importa o que Thaís faz, *não importa* o que estamos fazendo, fico olhando aquelas peças amassadas no chão, amassadas na cama; fico aguardando o Coloquei o pijama. Para você tirar. Para me despir. Outra vez.
– Ela sempre usa esse pijama?
– Praticamente nunca.

―――― Desejo tanto o seu corpo.
– Deseja?
– Tanto.
– O que mais você deseja?

– Como assim?
– O que mais? Qualquer coisa.
– Coisas fantásticas?, inatingíveis?
– Qualquer coisa.
– Então, a felicidade. Verdadeira. Ser uma advogada boa. Uma pessoa boa. Quebrar recordes sexuais. Desejo esquecer o passado. E você?
– Eu? Desejo largar a redação publicitária e tornar-me escritor. Ganhar o Nobel de literatura. Apresentar uma comédia inédita para a Rainha Elizabeth e sua corte. Voar em um COPA rubro com F. Castro: atentado suicida. Casar-me em Paris, nas águas do Sena, em um barquinho impressionista pintado por C. Monet. Beber cem garrafas de Veuve Clicquot roubado. E desejo encontrar meu rosto contorcido por V. Gogh; um rosto jamais vendido. Conceber guilhotinas no livro de C. Dickens. Salvar A. Frank. Tornar-me judeu ortodoxo e assassinar J. Goebbels, A. Hitler e L. Riefenstahl: vingança. Morar novamente na amada Riviera. Distinguir, pela sonoridade, os instrumentos de uma orquestra sinfônica. Distinguir-me na Orquestra Filarmônica de Berlim: primeiríssimo Stradivarius. Improvisar pentatônicas na guitarra havaiana. Conversar com minha estátua, homenagem de proporção natural, na Riviera de São Lourenço. Interpretar Hamlet, Romeu e Lady Macbeth. Juntos. Corresponder-me desde a puberdade com James Joyce; temática maior: visão embaçada e mulheres angelicais. Publicar nossa correspondência secreta. Corresponder-me desde a puberdade com N. Barnacle; temática censurada. Publicar nossa correspondência secreta. Abusar dos mais castos decassílabos. Sussurrar com a linguagem de ouro. E desejo copular em uma sala de espelhos. Futebol: ver o Corinthians campeão invicto da Taça Libertadores da América. Beisebol: entender o

beisebol; e o *glamour* do beisebol. Entender São Paulo. Aprender o alfabeto cirílico, na marra, escutando S. Rachmaninoff. Tomar um porre homérico entre as colunas do Partenon. Fugir de hospícios de segurança máxima e ser analisado por S. Freud. Ser analisado por S. Freud após a cópula espelhada. Plantar um campo africano de girassóis. Arrancar fôlego dos leitores. Observar, do Gritti Palace Hotel, Veneza afundar e afundar, e afundar com Veneza, afogando uma autobiografia razoável.

— Casar em Paris? Você já me disse que não queria! Ou o problema é comigo?

———— Percebo que entrelaçar o texto é o mais importante. Nenhuma palavra sobrando. Relacionar adjetivos com situações. Relacionar X com X; Y com Y; retomo o X; Z com Z; retomo o Y *et cetera*.

— Não há regra. Você cria os seus métodos. Cria o sistema.

— E depois aperfeiçoo. Descarto. Reescrevo.

— E depois, bem depois, se você der sorte, você não vira um escravo do seu método.

— Estou pensando em criar um pseudônimo.

— Por quê?

— Medo de falhar. De fracassar.

— Resolveria?

— Talvez Enrique, pela sonoridade; ou Fernando, pela inicial F. Buscar nomes para as iniciais F. F. M. com o mesmo número de sílabas poéticas. Fe-*li*; *Fran*; Mu-*nhoz*.

— Enrique, Fernando, Felipe; será *você* fracassando de qualquer maneira.

— Nunca vai contar sobre os amores reais do passado, as meninas?

– Você não esquece.

– [risos] Elas não me deixam dormir.

– Escolha uma. Alice? Bruna? Fabíola? Bian.

– Alice.

– Inglesa.

– Como?

– Alice nasceu em Cambridge. Conhecemo-nos em Praga.

– Praga? Faz tempo?

– Dez anos. Ganhei um prêmio publicitário. Boa remuneração.

– Ah! Que orgulho. Mas sem malandragem: não desvie a conversa.

– Fomos apresentados na festa de Bolotka, um escritor. Alice já não era tão menina.

– Você disse *meninas*, não mulheres. Quantos anos?

– Alice. Ela. A sua. Praticamente a sua idade. Que você tem agora.

– Você não!

– Foi para evitar discussões.

– Certo. Festa de um escritor. E o que ela fazia na República Tcheca?

– Visitava a mãe, Esme.

– Tcheca?

– Inglesa também. Mora, não sei se ainda, mas morava na República Tcheca devido ao marido Jan. Eu e Alice, na casa de Bolotka, acabamos conversando a noite inteira.

– Sobre?

– Família, sociedade, política.

– Sociedade?

– Jan, o marido de Esme, foi peça fundamental para o desfecho político do país; sabe?, com o Plastic People of the Universe.

— É banda, isso, não? Tenho uma coletânea com Plastic People; eles têm alguma coisa a ver com o final do comunismo.

— A queda do regime, Husák. Jan estava diretamente envolvido.

— Muita informação. Amanhã?

— Eu trago algumas histórias. Trago as anotações daquela época.

— Aproveite, amor, para trazer também outras histórias.

— Outras?

— [risos] Eróticas.

—————— Interrogatórios sobre escola? Sobre antigas namoradas? Para quê? Agora política internacional.

— E antes que você pergunte, Philip, eu nunca fui a Praga. Não me olhe assim, com olhos coléricos mastigando Eu sei.

— Não se cansa de enganar e enganar?

— Nunca fui, mas gostaria. Aproximar-me da linguagem kafkiana. Participar de algumas orgias.

— Que estão mais próximas do passado.

— Sentar-me onde F. Kafka sentou-se, andar por onde Kafka andou. Interessante. Visitar o cemitério judaico.

— Os cemitérios.

— E visitar a casa onde Kafka nasceu.

— É um restaurante italiano.

— Procurar seus descendentes.

— Impossível.

— [risos] É. Mas visitar a sinagoga de Kafka. Ele frequentava alguma sinagoga específica?

— Você já foi a *alguma* sinagoga?

— Não.

— Já foi à igreja com Thaís?

– Não me lembre disso, por favor. Thaís negociou minha companhia: a companhia em troca do corpo! *Tem que ficar para descobrir.* E nem se deu conta, menina herege.
– Aposto que vai atacar novamente.
– Será?
– Tenho certeza.
– Talvez. Pode ser. Onde estávamos? Ah, sim: Praga.

――――――――― Eu trouxe minhas anotações daquela época.
– Eróticas?
– Thaís.
– Posso ler?; não, leia você para mim.
– Está com frio? O lençol?
– Quero um abraço. Leia, assim, sussurrando.
– Não creio que seja prudente. Praga. Alice. Casa de Bolotka.
– E a data?
– Imprudência: não coloquei.
– É confortável segurar aqui?
– Sobre sua cabeça? Eu aviso se machucar. E para você?
– Aviso se machucar. Leia. Comece.
– Jan conta que um homem de única perna apareceu, certa vez, em sua escola. Ele esperou fora da classe e, quando a aula acabou, foi despedir-se do professor. Depois, o professor explicou para Jan e a turma que o homem perdeu a perna na guerra. Marcação minha: herói de guerra. Devido ao fato herói, herói sublinhado, ele havia obtido permissão para viver perto da irmã na região norte da Boêmia.
– Nossa.
– Marcação minha: região onde as coisas eram essencialmente diferentes e muito melhores do que

no oeste. Narração de Alice: Jan dizia Na Inglaterra, abre parêntesis, Jan estudou em Cambridge, onde conheceu Esme, fecha, até mesmo quem tem duas pernas pode escolher onde quer viver. Não é triste?

— Enquanto nós podemos, até, escolher o que enlaçar.

— Enlaçar?

— Escolho Felipe.

— As anotações. Thaís! Caíram.

— Deixe.

— Estou. Sufocando. A leitura.

— Amanhã?

——— Tanta chuva incomoda.

— Aposto que você também já leu e releu as peças *Otelo*, *Macbeth*.

— Já.

— O que acha de uma Olivetti portátil?

— Para mim?

— Descansou o suficiente?

— Não deveria haver descanso.

— Qual será o seu próximo tema? Praga?

— Não.

— Os defeitos de São Paulo? Os cheiros do Tietê quando faz calor? O medo e o tédio?

— Não.

— Embaixo dos viadutos, é inacreditável, construíram elevações; uma espécie de morro.

— Morro?

— De concreto, pequeno. Poucos metros de diâmetro. Sabe para quê? Para mendigos não pernoitarem ali. Impressiona a criatividade. Sumiram os pobres sob viadutos. São Paulo: minha cidade carrega o melhor e o pior na mesma rua.

– E a praia nostálgica, o nome?, Riviera?
– De São Lourenço.
– Nenhum desalinho? Nenhum defeito aparente?
– Nenhum. Philip, não a minha praia; não se atreva.

―――――― E, na verdade, o Plastic People não queria estar enleado, não diretamente, em política; bom, é claro que se tratava de dissidentes, mas muito antes de rock'n'roll.

– E você [risos] gosta de rock?
– Eu? A música mais pesada que escuto é M. Davis.
– Nunca ouvi falar.
– *Miles falava com a voz.*
– [risos] Jura?
– *Sem a voz.*
– Roqueiro?
– Jazz. Trompete. Depois virou jazzista moderno e quase roqueiro.
– [risos] Felipe! Eu achei que estivéssemos falando de rock'n'roll, não *quase* rock'n'roll.
– Certo. Mais próximo disso, então, L. Cohen.
– Também nunca ouvi falar.
– Canadense. Poeta.
– Roqueiro?
– Olha.
– Felipe!
– F. Hardy?
– Ah!, eu tenho, vou colocar no aparelho de som.
– Hardy?
– Plastic People of the Universe. A coletânea, aqui, *Músicas da outra Europa*. Mas não gosto de imaginar você dançando essas canções com *Alice* em festas tchecas.
– É difícil de imaginar.

— [risos] Mas a ideia. Enfim, não gosto. Vocês foram para o seu hotel ou para a casa dela? No *after-party*.

— Thaís. Não vejo sentido em.

— Quero saber.

— Não.

— Quanto tempo durou?

— O relacionamento? Alguns dias.

— E foi marcante.

— Foi o suficiente para ser marcante. Só isso. Uma lembrança.

— O fato de que ela estava envolvida com os mistérios da Outra Europa contribuiu?

— Ela não estava envolvida com nada. Alice nem havia nascido em setenta e sete. Ninguém imaginava que a Carta resultaria; nem mesmo V. Havel, pelo que disseram.

— Quem?

— Thaís, Václav Havel, dramaturgo; sucessor de Husák.

— Husák?

— Era casamento de um dos integrantes do Plastic People, a banda faria um show secreto. De repente, apareceram policiais e todos foram presos. Jan estava na plateia.

— Jan viu isso de perto?

— Foi preso junto! Até então, era apenas rock'n'roll.

―――― Como você terminará essa história?

— *Mentiras*?

— Não. Praga. Alice. Havel. Husák.

— A prisão geral resultou na Carta Setenta e Sete, certo? Um documento repleto de assinaturas criticando o governo de Husák, a ausência de direitos humanos no governo de Husák.

— Eu sei.

— Então você também sabe o quanto esse documento importou para a mídia internacional. Jan assinou, Havel assinou. Então você também sabe que a pressão mundial depôs Husák e elegeu Havel. Naquele mesmo ano.

— Mil novecentos e setenta e sete? E a União Soviética? Mídia internacional? E a *União Soviética*, Felipe?

— Agora você me pegou. Não havia pensado por essa perspectiva.

— A União Soviética mandaria sua pressão mundial à merda.

— E agora?

— Sua alteração no rumo da história teve um furo. Irreparável.

— Mas Thaís.

— Sua história malfeita serviu apenas para mostrar contradição e contradição e o ser humano atormentado.

— O ser humano atormentado?

— Você. E não existe redação publicitária que resolva.

— Pulei de escola em escola. Minha professora de História não dava aulas de História. Essas desculpas não são válidas?, vacilei com os arredores. Mas Thaís, ela acreditaria. Com certeza.

— Thaís não passa de uma ex-gaga, ex-viciada, religiosa, traída, medrosa, manipulável e exclusivamente esperta na cama.

— Thaís não conta.

— De onde você tirou Alice, Jan, Esme?

— Da peça *Rock'n'Roll*, escrita por meu amigo Tom Stoppard. Tom e Kafka e M. Kundera; é tudo o que sei de Praga.

— Deveria pesquisar melhor, deveria recordar-se de todos, *todos* os arredores.

— Eu falhei. Mas a bronca.

— A minha bronca resolveu.

— Onde estávamos? Ah, sim: mentiras.

——— Então a pressão mundial depôs Husák e elegeu Havel.

— Nossa. Entendo por que Alice foi tão marcante. Você visitou Praga a turismo e voltou com várias malas de histórias.

— Para terminarmos: Bolotka, o escritor tcheco da festa, contou sobre um evento que ocorreu nos últimos anos da República Socialista. Diretamente da América, dos Estados Unidos, um romancista visitava Praga com a intenção de aproximar-se de Kafka.

— Li *O processo*, na faculdade.

— O escritor estava sendo investigado, seguido; prática muito comum no regime de Husák. Estava com medo. Então Bolotka perguntou O que você faz aqui? Ele Quero apenas conhecer, *Mitteleuropa*, Kafka. Então Bolotka Tire a roupa. *Tire a roupa* lembra-me Tomas.

— Quem?

— Outro tcheco. Tire a roupa.

— [risos] Já estou sem.

— E após o estático silêncio, Não se preocupe, não vou machucar você.

— [risos] Nunca tive esse medo.

— Eu tiro a minha também.

— [risos] A sua? Qual?

— E começou a despir-se. E disse Você poderá ver como somos. Não é para isso que está aqui? Estendeu o casaco e Vista, você vai ver como é. Eu também quero ver como é.

— Ele vestiu?

– Ambos despiram-se completamente e trocaram as roupas. Bolotka disse Agora *eu* sou o homem livre com peso na consciência.

– Vamos trocar as roupas?

– O quê?

– Eu gostaria de saber como você se sente.

—————— Depois de trocarem as roupas, trocarão alianças.

– Philip. Usar a calcinha e o sutiã de Thaís? Não. Ela propõe uma troca de sentimentos.

– É uma ideia que a excita.

– E além do mais, até o ponto em que fui informado, o escritor estadunidense não se casou com Bolotka. Bolotka, Praga; vamos falar sobre coisas importantes: já usou a nova Olivetti?

– Sim.

– Como foi?

– Um dia normal. Como acontece há mais de cinquenta anos.

– O que falta para você? Quer alguma coisa?

– Estou bem.

– Alguma decoração específica? Tapetes, quadros. Eu poderia colocar um quadro do meu pai naquela parede ali.

– Ele é artista? Qual estilo?

– É surrealista.

– Sobrevive do surrealismo?

– E não é fácil. Quem precisa de arte surrealista? Ninguém.

– Eu também não.

– Ele pintou um quadro alterando São Paulo: mar, lua cheia. Não? Certo. O que acha de *Angelus novus*?

– Pendurado?

– Isso. Já ouvi rumores, inclusive, sobre um P. Klee

judeu. Sabe, Philip, gosto muito da análise que W.
Benjamin fez, aguçada, antes de escapar dos nazistas.
Benjamin era judeu com certeza absoluta.

– Pendure a análise.

– Inusitado, mas acho que não faria bem para você.
Deixá-lo com mais palavras e palavras. Sabemos
quanto seu cérebro já funciona assim, [risos] já se
escreve assim. Melhor um quadro do meu pai. Não?
E se pintássemos a parede? Escarlate?

——— Você tem algum sonho?

– Eu raramente durmo.

– [risos] Felipe, alguma utopia.

– Você tem?

– Acho que não. Raramente dorme?

– Resolvo com Stilnox.

– Jura? E os sonhos *sonhos*?

– A noite é, primeiro, uma tortura; depois, o nada.

– Eu deito e durmo.

– É boa de cama.

– [risos] Em todos os sentidos?

– Claro.

– Então aproveite.

– Calma. E os sonhos *sonhos*?

– Diversificados.

– Lisérgicos? Surreais?

– Mas esqueço assim que acordo. Segundo meu
ex-namorado, eu falo dormindo; até em línguas gringas.

– E você fala outras línguas?

– Não. Você pode tentar descobrir se é verdade,
[risos] se eu falo dormindo mesmo. Duas promessas
que me deve.

– Devo?

– Dormir comigo e ir comigo à missa.

— Como é que o seu pai pinta? Não se incomoda de eu perguntar?

— Antigamente, a óleo. Não me lembro. Quando eu era pequeno, dois ou três anos, e ainda não havíamos deixado São Paulo, o cheiro da tinta piorava minha bronquite. Elas têm cheiro forte. Quer saber o que ele fez? Abandonou a carreira. Parou. Por uma década. E, no regresso, muniu-se de bico de pena. Preto e branco. Do bico de pena, passou para uma caneta especial sobre tela. Mas o grande segredo é a tela, Philip.

— Calma. Você não se sente culpado por tê-lo feito parar?

— Como eu dizia, o grande segredo está em uma tela bem preparada. E segredo maior ainda é *quem* prepara. Da fábrica, ela vem áspera: cheia de ranhuras. Não deixa o pincel deslizar.

— Quem prepara?

— Minha mãe. Primeiro, a minha mãe lixa, uma lixa mais grossa; para aplicar uma camada fina de gesso acrílico. Úmido; precisa, então, secar.

— Quanto tempo para secar?

— Quase dois dias. Nada, comparado com tinta a óleo. Contam, as lendas familiares, que o artista montava quinze cavaletes no ateliê: secagem e formulação e secagem e formulação e reformulação e secagem. Hoje, um quadro por vez. Quando seca o gesso, minha mãe lixa novamente; lixa fina, agora. Uma demão de tinta acrílica branca e pronto. Demora três dias, mais ou menos. O resultado é a tela calma, textura boa, você passa o dedo e sente como se fosse uma seda. Fica tão lisa que você pode fazer a cama na superfície.

— [risos] Entendi.

— Três dias depois, começa o trabalho criativo. Risca, apaga, risca. Ele está fazendo isso, faz enquanto escrevo. Nove ou dez horas por dia. Enquanto escrevo, risco, escrevo, apago.

— É uma relação obsessiva com a arte.
— Obsessiva e reclusa. É a reformulação.
— Paranoica?
— Também. Para nós dois, acredito. Cada um em seu quarto, em seu estúdio.
— Sua mãe?
— Artista também. Fotógrafa. Mas, antes de qualquer coisa, é mãe, mãe judia: sempre deixando impecáveis a casa, o filho e o estômago do filho.
— E você não se sente culpado?

———— Esqueci de contar. Encontrei, ali embaixo, uma velha amiga. No portão.
— Vi pela janela.
— Marina. Estudou comigo na universidade.
— Bonita. Sua amante?
— Amante? Velha amiga. Não conversávamos há.
— E falaram sobre o quê?
— Sobre a vida. Por que o interesse?
— Um pouco de ciúmes. Nada. Que frio. Toque em meus pés: são *icebergs*. Eu deveria instalar um aquecedor no quarto. Que frio. Conte sobre a época de estudante.
— Ah, os bons tempos!
— Vou abrir uma garrafa de vinho. Para esquentarmos.
— Aceito.
— Seco? Suave? Branco? Tinto?
— Qual você preferir.
— Eu pego. Um segundo. E a faculdade?
— Foi inesquecível. Professores, amigos, tudo. A melhor fase da vida. Se eu pudesse reviver um decurso, um ligeiro intervalo cronológico, seria uma aula de Programação Visual. Photoshopando

imagens na tela do computador, esquadrinhando o CMKY; é fantástico. Depois enveredei para o texto, a redação publicitária, você sabe.

– [risos] K-Y? Pronto. Seco. Tanta paixão na sua voz.

– Obrigado. Angelica Zapata?

– Malbec.

– Um brinde? Aos bons tempos. À melhor fase da vida. Companheirismo, festas.

– Você nunca fala sobre os seus amigos.

– Acabamos nos separando, mas era uma turma excelente. Zapata, ótimo vinho. Qual safra? Dois mil e seis. Não apostaria que você prefere seco, tinto.

– E teria acertado.

– Então você prefere suave?

– Sou mulher. Mais?

– E por que, então, escolheu este?

– Amor. Você é homem. Porque você é homem. Porque eu sou a *sua* mulher. Submissa. Por que enveredou para o texto?

– Era mais forte em mim. Era o que havia de mais forte em mim.

– E o preço é trancafiar-se na agência.

– Puxado, mas tem seus momentos. Um *job*: Cannes; o diretor de arte e eu compusemos uma fotografia de W. Olivetto com a frase curta *O velho sonhava com leões*.

– Um lampejo inteligente?

– E era bilíngue: *The old man was dreaming about the lions*. Prêmios são muito reconfortantes.

– Mais uma taça?

– Claro. Estamos bebendo rápido.

– É o frio. Posso ir bebendo na garrafa?

– Já assim, Thaís?

– [risos] Acho que vou errar a taça. Quer um gole?

– Ainda tenho aqui.

– Frio, frio! [risos] Vamos ver quem bebe mais rápido?

– Olha.
– Quase toda. Sua vez. Uau! [risos] Segunda garrafa, amor?
– Aceito. Pode buscar um suave, linda. Sangue de boi, Campo Largo, Marcus James. Até mesmo rosé; de uva-passa, até mesmo de pêssego, safra das cinco e meia.
– [risos] Eu pego. Um brinde à melhor fase da nossa vida. Agora.

——— Ressaca?
– [risos] Será que os padres nunca se embriagam na ladainha Este é o meu sangue? Fui embora após a terceira garrafa, quase amanhecendo; lembro-me de um orelhão, tecnologia em desuso, e eu solicitando auxílio ao surdo vácuo Alô?, alô?, onde estou? Perdido. E a pequena menina: coerente, unificada, poderosa; dormiu após o segundo sexo. Continuei bebendo sozinho, esperando para ver se ela acordaria.
– Acordou?
– Disse Ai, estou babando em você, adormeci. Valeu a espera, mesmo a tensão Essa mulher vai vomitar, essa mulher vai vomitar em mim. No final, tudo correu bem.
– Você volta a pé de lá?
– Utilizo um *Plymouth* castanho-claro.
– [risos] Sei.
– [risos] Vou e volto andando, Philip. É pertinho.
– Tudo facilitando a sua vida. Onde você mora?
– Aqui. Às vezes até duvido se existo em outro lugar. É como se tudo, tudo, fosse uma única tela. Como se eu passasse as tardes aqui, as noites no apartamento de Thaís, apenas buscando preparar a tela da melhor maneira possível, milimetricamente.

Porque, ao final, ela será o suporte de nada menos do que o meu rosto.

— Pano de fundo.

— Para um rosto forjado. É a minha palavra favorita, sabia? Forjar. O que faço, meu ofício, é forjar; na metáfora da forja, da ferraria, nos dois sentidos que o verbo transitivo admite.

— O que você espera, Felipe?

— Eu? Forjar e desforjar e reforjar idênticas velhas palavras. *So all my best is forging old words new.* [risos] Reconhece? Para que a tela, ao final, apresente no rosto uma grande metáfora. Só isso.

— Só isso? Eloquência da ressaca?

— [risos] Três garrafas.

— Quando você vai comigo à missa?

— Outro dia, prometo.

— Outro dia, quando? Você enrola, enrola, enrola. Veja essas anotações.

— Anotações?

— Eróticas.

— Thaís?

— É o que ainda não fizemos.

— O que ainda não fizemos.

— O que podemos.

— Caso?

— Você aceite o convite. Ir à missa.

— Estou lendo disparates aqui. São desejos?

— Quebrar recordes sexuais.

— Pequena mesa de vidro, você sabe, eu fico embaixo, você. Thaís. O que estou lendo são anotações *eróticas*? Chicote? Estrangulamento? Corda?

— Tenho uma lá no armário dos sapatos. Acho que seria ideal. Minhas pernas amarradas.

– E esses objetos? Cinta-pau. Você esconde uma cinta-pau em qual armário? No armário do sadomasoquismo?

– [risos] Segredo. Vamos?

– À feira? Vamos à feira porque um, nabo, dois, pepino, três, berinjela. Berinjela, Thaís? Onde armazenaremos, depois, tamanha variedade vegetal? No armário da cozinha? Para o caso de nosso desejo tornar-se alimentício?

– [risos] Você não perde uma oportunidade para fazer graça.

– Abridor de latas? *Abridor de latas*? É exagero, querida; e é exagero acompanhá-la à missa.

– É exagero? É possessão?

– Talvez. Talvez seja um pouco.

– Só um domingo. Aceite meu convite, fará bem. Por favor, por favor! [risos] E minhas anotações, que você denigre Disparates, juro, juro, pela Virgem-Maria: levará alguém às alturas.

——— Eu disse.

– Hosana nas alturas. Conhece? É cristã. Aceite meu convite. Fico indignado com a falta de bom senso.

– Dos cristãos?

– Anotações Hereges, Perversos Mandamentos. [risos] Cruz e Berinjela. Thaís, Thaís. Baralho? Eu distribuo? Certo. Um, um, dois, dois, três. Philip, ando fazendo alguma pesquisa sobre judaísmo. Interessante. As suas cercas da infância.

– Finalmente. O escritor precisa trabalhar com seriedade. Mais útil para suas ambições profissionais do que ler todas as peças em que Stoppard cita Praga.

– Devo admitir que sim. Mas tenho medo de abandonar a vida, entende?

– E o que é a vida?
– Ainda não sei. Parece-me que estou dividido em dois: um Felipe, cada vez mais, vive apenas para o outro escrever. É assustador. Não estou falando sobre um Felipe *Moishe Pipik*, alheio, impostor, que se passe por mim. Estou falando sobre o Felipe que não consegue bater um papo casual sem correr para casa e transcrevê-lo com a maior precisão possível. Sobre o Felipe que não consegue bater um papo sem manejar a conversa para algo que possa ser encaixado em livro. Alguém que acaba interpretando a fraude de si mesmo. Tanto na opaca solidão em seu quarto, seu estúdio, quanto jogando baralho com um amigo. Vou baixar os jogos.
– Baixe.
– É assustador.
– É o preço. Concentre-se no jogo. Sem medo.

————— Gosto deles.
– Meus seios?
– É.
– Acho que eles parecem duas baleias.
– Duas baleias? Trate-me, então, por Ishmael.
– Ishmael?
– Um personagem.
– De filme?
– Livro. *Moby Dick*.
– E o que é que esse personagem tem a ver com os meus seios?
– Trabalha em um navio baleeiro.
– Ah! *Moby Dick* é sobre?
– Nada. E. Hemingway disse: livro sobre pegar uma baleia.
– [risos] Ele é famoso, não é?

— O livro ou Hemingway?

— [risos] Ambos!

— E Lobo Antunes disse sobre *O velho e o mar*: é um velho que vai pescar um peixe, pesca o peixe, outros peixes comem o peixe, ele fica sem nada. Ainda completou Isso não é nada.

— [risos] E é isso?

— É. E Lobo Antunes fez alguns livros sobre nada. O que é *Explicação dos pássaros*? Um homem assombrado por memórias, e memórias bem vazias, que se mata.

— Como?

— Haraquiri, faca; diferente de Hem que utilizou uma espingarda: haraquiri com rifle.

— Hemingway cometeu suicídio?

— Os Hemingways cometeram. Cometem. Irmã. Irmão. Neta. Pai.

— Quanta informação! Mas por que Ernest, o filho, o escritor?

— Estavam roubando seu estilo de prosa.

— Roubando? Quem?

— Ele mesmo.

— *Ele mesmo*? Seu estilo de *nada*? E todos esses livros, famosos, sobre *nada*. Quem diria.

— G. Flaubert escreveu para L. Colet, sua amante, O que eu gostaria de criar é um livro sobre nada. Veja, Thaís, um livro sobre nada é, no final das contas, muita coisa.

— Nossa! Quanta informação, amor. [risos] Ishmael. Publicitários. Nunca fui de ler muito. Exceto as laudas; petições, prazos. Literatura, li *O processo* na faculdade; mas gosto de histórias científicas: a destruição do mundo, alienígenas. Livros sobre nada, [risos] o seu Flaubert que me desculpe.

— Alienígenas?

— [risos] E prefiro filmes. Hollywood.

―――――――― Você acha que a destruição do mundo vai acontecer em breve?

– Depende do que você quer dizer com Em breve.

– Amanhã ou depois de amanhã.

– [risos] Você não existe.

– Olha.

– Vamos beber hoje? No lugar do café. Beber.

– Alguma sugestão? O vinho do atordoamento?

– Um drinque de Campari.

– Campari?

– É. Aprendi com minha amiga psicanalista, Claudia. O drinque é feito com água tônica, meio limão espremido e Campari. Dois?

– Dois.

– Dois Camparis! Percebeu a chuva espessa lá fora?

– É só o que tenho a observar daqui. O dia todo sentado, raciocinando, escrevendo.

– Qual será o seu próximo tema?

– Haverá um próximo tema? Sentado, raciocinando, observando a chuva.

– E esperando o mundo acabar?

– Você tem algum sonho, Felipe?

– Algum sonho para Claudia analisar? Talvez. Alguma utopia? [risos] Escrever diálogos sobre nada. Sobre o que estamos conversando agora. E você, tem algum sonho?

– Eu? Não.

– Um brinde?

– À nossa ausência de sonhos?

– À nossa ausência de sonhos.

– Como isto é amargo!

―――――――― Final de semana chegando, missa chegando. Amor, eu faria qualquer coisa para você ir comigo.

– Esse mesmo assunto mais uma vez?
– Qualquer coisa.
– Qualquer coisa é muito abrangente.
– Vamos? É exagero querer a sua companhia? Eu cozinho, depois: um almoço no capricho. E depois do almoço, você escolhe a posição. Vamos? Acordamos cedo. E você escolhe a roupa que eu vou usar para a missa. A roupa que você, depois, vai despir. Eu sei como você gosta disso. Vire para lá.
– Está recolocando a roupa?
– Calcinha. Meia-calça. Para você despir. Desta meia-calça, você gosta? Não olhe! Sinta, sinta os triângulos em relevo. Sinta. Posso usá-la amanhã.
– Sob um vestido longo? Chega.
– Chega?
– Se fosse uma brincadeira sexual, uma *brincadeira*, eu toparia.
– Brincadeira sexual?
– Se, durante o latrínico latim, eu pudesse, com as mãos, violar seu vestido litúrgico.
– Litúrgico?
– Ou se quebrássemos, vencendo Celeiro, o seu recorde Lugar mais estranho: confessionário. Madeira velha, também, para todos os lados. Mas eu sei que, no fundo, você está levando a sério. Você acredita, você lê a bíblia.
– Leio, sim; eu leio de vez em quando. Abro a Bíblia e aponto qualquer frase. E qualquer frase que aponto é uma resposta.
– Resposta?
– Para a vida.
– É um jogo? Thaís pergunta, as escrituras respondem.
– A Bíblia, ela mudou a minha vida; Ele mudou a minha vida. Felipe, você precisa entender: se quer paz, se quer felicidade, aceite Jesus no coração como salvador pessoal. Encontre o Senhor.

— Você é uma daquelas hippies que encontraram o Grande Reabilitador da Marijuana. Eu entendo o seu antigo trauma, as tantas desgraças; não está de bom tamanho? *Eu entendo*. Só não queira impor-me a cantoria Hosana, Heysana, Imolado Cordeiro Que Tirais os Pecados do Mundo. Não.

— Mas, amor, e o Fica para a próxima?

— Era mentira. Eu não iria.

— Então você não é religioso?

— Preciso *mesmo* responder? Já leu B. Russell?

— Bertrand Quem?

— Russell. Prêmio Nobel. Ele escreveu um importante ensaio sobre religião. Memorizei longos trechos para travar discussões quando jovem.

— Memorizou trechos?

— Em síntese, as grandes religiões são prejudiciais.

— A Igreja *salvou* minha vida.

— E a Ku Klux Klan, os fascistas? Onisciente, onipotente, ele, deus, não seria capaz de produzir nada melhor? Ele, tanto faz a nomenclatura, adonai, jeová, el, salvou quantos judeus em Auschwitz, Treblinka, Dachau?

— Não se esqueça do livre-arbítrio, somos *livres*!

— A religião é baseada no medo, estou citando Russell. Da derrota, da morte, qual mais?, sim, do misterioso.

— Deus é tudo. É apaixonante. Jesus. Só imaginar que alguém amou a gente o suficiente para morrer por nós. É amor em grande escala.

— *Eu entendo* a sua posição, Thaís. Entenda a minha. E não me peça novamente para ir à igreja.

——————— É difícil prosseguir. Eu faço uma piada, meus filhos seriam Julieta e Romeu; Thaís quer um filho Romeu. Um pouco de ciúmes. Talvez um pouco de possessão.

Não se preocupe. É isso? Não era isso há pouquíssimo tempo. Falta apenas ela dizer que mudou de ideia, agora tem um sonho, seu maior sonho é a marcha nupcial, vestido branco, véu e grinalda, e perguntar se eu aceito casar na igreja, um anel de ouro na mão esquerda, e quem seriam os padrinhos?, apesar do Bertrand Tal.

— Calma, Felipe.

— Não tenho motivos para ficar indignado? Falta apenas ela implorar minha conversão para o cristianismo e aqueles santos intermináveis. Além de acompanhá-la à igreja fingindo existir alguma cantoria mais interessante, algum sermão, do que suas pernas de triângulos em relevo. Falta apenas ela requisitar que eu reze antes do sexo para assim, finalmente, penetrá-la livre das maldades, um cordeiro divino. Fingindo existir alguma oração mais excitante do que suas pernas nuas. Falta apenas ela exigir que eu também reze depois do sexo, motivos lógicos de purificação, e decore a interminável lista de santos assexuados.

— Você precisa acalmar os nervos. Não é uma situação completamente fora de controle. Thaís quer formar um vínculo. Já falamos sobre J. Conrad?

— Não sei. Mas tento explorar suas tríades, um, dois, três, nas falas e até em pensamentos.

— Conrad: Aquele que forma um vínculo está perdido. Mas não vejo como algo fora de controle. Há um leque de possibilidades.

— Um leque de possibilidades narrativas; cairia bem, agora, um fluxo de consciência, não acha? Um fluxo *nervoso* de consciência. Um grito eunuco de Benjy.

— Qual era mesmo o seu trecho preferido?

— Quando Benjy relaciona o cheiro de Caddy com o cheiro de folha, das árvores, e depois, quando Caddy molhada, Caddy tinha cheiro de árvore na chuva. Genial.

— Vamos ter uma nova tempestade; logo, logo.
— [risos] É o fluxo nervoso, provocado por nossa beata, de chuva.

——————— Eu amo você. Desculpe a briga. Tentei recompensar. Foi bom? Amor, tudo bem se eu acender um cigarro?
— Claro.
— Você anunciaria cigarros?
— É o meu trabalho, Thaís.
— Sabe o Homem da Marlboro? Rédea, cavalo, chapéu. Quer saber se já tive algum amor platônico? O Homem da Marlboro. Imponente sobre aquele cavalo. E eu suspirando, gaguejando, imaginando ser quem ele cavalgava. O cigarro está tremendo, veja. Tenho falado muito. Desculpe, desculpe. Sabe, amor, se eu pudesse reviver um decurso, um ligeiro intervalo cronológico, seria qualquer noite com você.
— Fique tranquila.
— E o quarto, uma nuvem de fumaça.
— Meu pai fumou durante anos. Trinta anos. Dependência máxima.
— Como ele parou? Remédios? Não consegui largar.
— Morrendo.
— O quê?
— Brincadeira.
— Não brinque mais com morte, Felipe!
— Ele suava, chupava balas de hortelã e passava o dia mascando uma caneta BIC. Azul. Foi o ultimo médico: para ou morre. Para ou termina feito os imponentes D. Hammer, D. McLean, W. McLaren.
— Nossa. Eu tenho fumado menos, bem menos. Por você. Pela sua saúde. Sua bronquite. Última tragada. Pronto.
— Última da vida?

– [risos] Ainda não. Como está frio! Deus!

– O apartamento é face norte, sul?

– Face obscuro. *Nunca* entra luz. Naquela parede cinza, cheia de marcas, juro, bate vinte centímetros de sol. [risos] Eu medi! Amontoo vários cobertores para dormir.

– Vários?

– E você, como tem dormido?

– Não tenho.

– Ai, ai. E se trocar de cama?, [risos] uma cama boa. Esta aqui, por exemplo, é uma nuvem.

– De fumaça?

– Acho que eu tenho um sonho, sim.

– Utopia ou sonho *sonho*?

– O meu sonho de criança.

– Qual?

– Um casamento bem bonito. Vestido branco, véu e grinalda. Jogar o buquê. Para o eterno sempre, amém. Aceita Thaís como sua legítima esposa? A troca de alianças douradas, polidas, faiscantes. Eu largaria o cigarro. Largaria na hora. Você aceita? Seremos felizes como reis!

──────── Lembra que falei sobre Marina, minha amiga judia?

– Da turma judaica e da universidade relâmpago?

– Isso. Eu contei a ela sobre este livro.

– Contou?

– Não exatamente. Está nas treze teses que Benjamin escreveu sobre a técnica do escritor, antes de escapar dos nazistas: *Fale do realizado, se quiser; contudo, durante o trabalho, não leia nada dele para os outros. Toda satisfação que você se proporciona através disso bloqueia seu ritmo.* Memorizei o trecho para evitar frequentes discussões. E disse apenas que se tratava de judaísmo.

– E é disso que se trata?

– O importante é que Marina pareceu gostar da ideia.

– Da ideia: um ateu escrevendo sobre judeus?

– Philip, ela foi tão querida; convidou-me para visitar a sinagoga.

– Absurdo. Coloque um ponto final nesta história.

– Já tentei, não consigo. *Com a observância desse regime, o crescente desejo de comunicação acaba tornando-se motor do acabamento.*

– É um troco em Thaís? Você irá?

– Visitar a sinagoga? Hoje. Haverá uma palestra sobre religiões; depois, o shabat. Ou *Shabat*, maiúsculo? Ou *Shabbat*? Ou *Sabbath*? Depois eu conto como foi. Não é um troco; é curiosidade, seriedade, profissionalismo.

– E você ficará para receber o *Sabbath*?

– Claro.

– Isso é um absurdo!

– É sim, confesso, perdoai. Determine a penitência. Rezo quantos pai-nossos?

──────────── Você chegou tarde. Logo amanhece. Trancafiado na agência? Essa vida de publicitário. Amor, aquela história do sonho: buquê, vestido, casamento.
Eu concordo com você; tempo ao tempo.

– Tempo ao tempo.

– Você está feliz, olhos brilhando. E esse cheiro de álcool?

– Foi um anúncio primoroso. Valeu trabalhar, digo, esperar pelo *insight*; esperei até às duas, acredita? Nós brindamos ao final, o diretor de arte e eu.

– É tão bom quando acertamos o alvo, não?
– Nem fale. Só estou cansado, cansado.
– Eu também Com sono. Pouquinho.
– Viu? Bocejando.
– Fiquei tão arrependida por tocar naquele assunto.
– Esqueça. Querida, vou indo. Volto amanhã.
– Já é amanhã! [risos] Chega mais cedo?
– Chego.
– Promete?
– Prometo. Boa noite.
– Joga a chave pelo vão da porta?

──────── Visitou a sinagoga?
– Sim.
– E?
– Fui desmascarado. Quer saber como descobriram o intruso? [risos] Durante o *Kabbalah Sabbath*, meu *kippah* caía de cinco em cinco minutos.
– [risos] Não bastam pesquisas teóricas, é necessário saber utilizar o *kippah*.
– Eu jogo os cabelos para trás. De cinco em cinco minutos. Não me seguro. [risos] Viu?
– [risos] E o *kippah* no chão.
– [risos] E o judeu atrás de mim já estava irritado. Abaixando-se de cinco em cinco minutos. Um senhor barbudo de *kippah* firme. Deve ser por isso que não me disse *Shalom* ao término, aquele momento em que os católicos A paz de Cristo. É tudo muito parecido, na estrutura.
– Compreendeu alguma coisa?
– O rabino era de algum país da América Latina, arranhava português. Não sei quanto ao hebraico. Marina morou em Israel; ela comentou Bom hebraico.

Depois jantamos, comida *kosher*. Havia *challah* e *matzo* no cardápio.
– Olha só.
– Não seja irônico, Philip. Sem desprezo. Era novidade para mim.
– [risos] Percebeu o sabor do sangue cristão?
– [risos] Tudo indica a absência desse ingrediente. Enfim, Marina foi ao banheiro, fiquei conversando com algumas senhoras. Aposto que você adoraria.
– Alto lá!
– Adivinhe o que elas perguntaram?
– Se você era judeu.
– Certo. E depois?
– Se era namorado da sua amiga.
– Certo. E o que eu respondi?
– Não.
– E o que eu pensei?
– Enrascada.
– [risos] Você é bom nisso.
– Quase oitenta anos de religião.
– Então você já sabe que.
– Sei.
– Saímos para beber cerveja. Ela não podia dirigir, de acordo com as leis judaicas. Desde a primeira estrela no céu, o primeiro toque de noite, é preciso guardar o sábado.
– As leis judaicas. Nem podia beber. Você caiu nessa?
– Marina estava de carro. [risos] Não podia dirigir e beber, de acordo com as leis do país.
– Ela também come carne de porco?
– Acredito que sim.
– Tomamos alguns litros de cerveja. Vamos?
– Cerveja?
– Philip. Guinness. Dois *pints*, por favor! Na volta indaguei Você não deveria guardar o sábado? E ela

guardava o sábado em meus braços. Sabe, não encontrava alguém tão carinhosa há anos. Talvez nunca tenha encontrado.

— Mulheres judias.

— Ela disse, com os olhos verdes que refletiam o céu já completamente estrelado, Olhe o que você está aprontando comigo. E eu Olhe o que *você* está aprontando *comigo*: serei obrigado, agora, a escrever um livro que envolva o judaísmo!

— [risos] Era uma desculpa.

— Fui desmascarado. *Challah*? *Matzo*?

— Aceito.

— Faltavam aperitivos aqui.

— Aperitivos. *Forshpeis*. Será?

——— Não precisa fechar as cortinas, querida.

— Sempre acho que alguém espia. Que há alguém nos espiando.

— E talvez alguém esteja.

— Melhor fechar as cortinas!

— Será? Volte aqui, Thaís. Já pensou que pode ser assim a única forma de existirmos?

— Sendo espreitados na cama?

— De *realmente* existirmos. Com alguém definindo contornos à meia-luz, alguém nos imaginando; a janela, deixe-a ter olhos também. Talvez precisemos de que alguém nos imagine, pois que não existimos se esse alguém não existir. Mas, amanhã, cedo, a agência.

— Ah! Jura? Já?

— Estou confuso.

— [risos] Anda lendo *Lolita*? Explique.

— Vamos supor que um judeu norte-americano decida jantar, em Londres, com sua esposa *goy*.

— Certo.

— Vamos, então, escolher um nome para nosso personagem, um nome bem judaico: Zuckerman.

— Certo.

— Vamos supor que uma inglesa, gorda, idosa, de cabelos brancos, sentada a menos de três metros de nosso casal, anuncie muito alto Isto é absolutamente revoltante. E depois Abra uma janela, é preciso que abra uma janela imediatamente, há um cheiro terrível aqui. E depois Eles cheiram tão engraçado, não cheiram? E ainda Uma janela! Antes que sejamos sufocados!

— Certo.

— Agora vamos supor um novo *goy*, personagem homem número dois, anônimo, ele conhece a história de Zuckerman e o restaurante; porém, desconhece o referido cheiro dos judeus. Até que é convidado por uma velha amiga para assistir à cerimônia do *Sabbath*, *Kabbalah Sabbath*, na sinagoga.

— Anônimo? Ele sente algo terrível, engraçado, sufocante?

— Não. Tanto que não se lembrou da mulher inglesa, gorda, idosa, de cabelos brancos, enquanto estava lá.

— Não se lembrou.

— Suposição: nosso *goy*, após a cerimônia, jantou com sua amiga. Vamos, então, escolher um nome para ela? Um nome bem judaico. Bergman. Jantaram e saíram para beber cerveja.

— Essas histórias não me são estranhas.

— Então ele foi para casa.

— Dela?

– Para a própria casa. E abraçou sua mãe, que havia se levantado sonolenta com barulhos e movimentações na sala.

– E a mãe?

– Que cheiro bom!, cheiro de balinhas.

– Certo.

– De fato, ele já havia percebido que a amiga exalava uma fragrância forte e doce, mas não exagerada: envolvente, gostosa.

– E então?

– Nosso personagem anônimo foi dormir.

– Não direto, certo? Há outra amiga assídua.

– Certo. Ele caminhava com algo novo no peito, algo leve.

– E levemente embriagado?

– Exato. Na tarde seguinte, acordou, tomou banho, café e pegou o carro para dar uma volta.

– Por onde?

– Isso é irrelevante. Na metade do caminho, sentiu o cheiro de Bergman novamente. A fragrância forte. O cheiro alastrou-se por toda parte, dentro do carro. Detalhe: no carro, ela nem havia entrado.

– Sei.

– Ao voltar para casa, percebeu que seu quarto guardava o mesmo cheiro. O cheiro da judia que havia guardado o sábado em seus braços. E agora seus braços guardavam o futuro de forma incerta.

– Certeza nenhuma?

– O assoalho exalava aquele olor, as paredes, mãos, papéis, tudo, este texto. Estou confuso.

– Confuso.

– Agora tudo emana o mesmo cheiro.

– Ou apenas um lugar.

– Qual?

– O fundo da alma.

– Já se passaram três dias. Nosso confuso personagem *goy* fez a seguinte análise: se a mulher inglesa, gorda, idosa, de cabelos brancos, sentia-se tão mal com o cheiro que exalava de nosso primeiro personagem, o judeu Zuckerman, supondo-se que exista um único odor para cada religião, só podia ser por inveja.
 – Inveja?
 – Porque ela também queria cheirar a balinhas.
 – Certo. Você deveria.
 – Ligar para minha amiga, personagem psicanalista, Claudia?
 – Romper com Thaís.

―――――――――――― Você não se lembrava do meu vestido azul-turquesa.
 – O álcool.
 – Não importa, a gente tinha *acabado* de se conhecer. Não foi marcante. Se rompermos no futuro, por algum motivo qualquer, temo que você logo troque a cor dos meus vestidos e a minha voz e o meu cheiro.
 – Um dia, quem sabe.
 – Deus!
 – Brincadeira. Meu avô morreu de Alzheimer, pai de minha mãe.
 – Jura? Como ele se chamava?
 – Não lembro. Quem é você?
 – [risos] Pare.
 – Oscar. Médico. Chegou a embarcar para a Itália durante a Segunda Guerra. Ele ensinava para mim as nomenclaturas dos ossos da mão, tarso, metatarso. Ou são ossos do pé? Ou são: bigorna, estribo?
 – [risos] Ou não são ossos.

– Eu tinha dois ou três anos.

– Veja, incrível!, a borboleta no teto. Por onde será que entrou?

– Meu avô é estátua, em pé, ao lado de um crânio. Borboleta negra tem algum significado? O crânio descansando sobre livros na estante. Como se fosse fotografia, talvez realmente fosse. E quando retomo essa imagem, sempre, as cores vão sumindo, sépia, transformando, sumindo, até meu avô ficar em preto e branco.

– É engraçada a forma como você olha para o passado.

– Não existe como olhar para o passado, querida, ele é quem olha para nós. Por trás de máscaras. Eu aprendi bastante com ele, no final das contas.

– Com o passado?

– É, também, mas estava falando sobre meu avô. Por exemplo, coxa.

– [risos] Isso não vale.

– Não? E sob a coxa, aqui, esconde-se um corpulento fêmur.

– Você aprendeu mesmo.

– Deixe-me ver, subindo, nádegas. Nádegas saudáveis, torneadas, voluptuosas. Deixe-me tomar o pulso. Veloz.

– Felipe. Esses beijos!

– São no pescoço.

– Pescoço!

– Agora, em frente ao coração veloz.

– Veloz.

– Nos seios.

– Baleias!

– Aprendi a brincar de médico.

– Outra vez, ah!, Doutor Felipe?

— Marina, mar de minha sina, morfina desta carne. Minha morte, minha ruína. Ma-ri-na: os lábios explodindo, a língua cambaleando pela boca.

– É, você deveria ligar para sua amiga psicanalista. Ainda mais se já está antevendo o que pode acontecer.

– Ontem, quando fui embora daqui, fui direto encontrá-la.

– Para uma sessão de Campari?

– Encontrar Marina, Philip. Rapidinho. Começo de semestre, aulas em preparação. Fui embora de lá e ainda consegui ficar mais no apartamento de Thaís; ela está comportada, passiva, não tem falado sobre aqueles assuntos. Philip, sinto que estou produzindo com fôlego renovado. Ah, Marina também escreve.

– Se você me permitir, quantos anos ela tem?

– Minha idade.

– [suspirando] Bom.

– Por isso a língua não salta pelo céu da boca e tropeça de leve, no terceiro, contra os dentes; cambaleia. Posso ler um segmento, afinal? *Diminutos prazeres da vida em família.*

– Vá em frente.

– É separado em tópicos. Por exemplo: *Um. Estapeamento pela atenção da genitora.*

– [risos] Vá em frente. É possível contrariar um homem assim?

– *Feriados em família resultam, tiro e queda, em estapeamento pelo amor materno. Dizemos Mãe você não está me olhando,* aqui Marina inseriu uma barra, *Mãe a culpa é minha? Assim tentamos fazê-la sentir-se muito culpada com a situação. É essencial estapear-se com seus irmãos, barra, irmã, ou tentar fazer com que eles também se sintam culpados, traço, o que não é um trabalho de Hércules. É cabível chorar, barra, gritar,* barra, *espernear entre as já mencionadas frases de efeito.* [risos] *Seis. Irritar o patriarca. O senhor nosso pai é um homem muito previsível. Sendo, portanto, muito prazeroso e fácil de irritá-lo. Basta puxar sua barba ou um comentário ofensivo a Herzl e é batata. Frente aos amigos dele, a diversão é ainda maior.*

– Mulheres judias.

– Não é demais? São os prazeres familiares! *Oito. Envergonhar o irmão mais velho. O irmão mais velho é um homem de muita classe,* barra, *cheio de pose. Estranhezas em público envergonham sua cultivada índole. Família Bergman é soberana, nota yod, no quesito Criar situações embaraçosas.*

– [risos] E quais são os seus diminutos prazeres?

– Portas fechadas; o texto crescendo, crescendo. Minha vida em família é aqui. Não tenho irmãos para disputar qualquer atenção, nem faço gosto em provocar o patriarca surrealista. Enfim, gostei do texto. Eu corrigiria alguns detalhes, algumas cacofonias, aquelas barras, e as repetições, muito, muito, muito, os lugares-comuns que extrapolam, os adjetivos sem força. Mas, em geral, é demais: é sincero.

– Sincero feito você.

– Mais sincero impossível, Philip. Afinal, estou apaixonado.

—— Como foi o trabalho?

– Cansativo. Saí da agência e fui direto encontrar um amigo para conversarmos sobre literatura.

– Você gosta disso, não é?

– Sim. E hoje tenho um jantar de.

– Hoje? São cinco para as onze!

– Em cinco minutos.

— Ainda apaixonado? Fale sobre ela.

– Tem olhos verdes; cabelos castanhos até os ombros; a pele macia espalhada pelo corpo todo. É, também, carinhosa: a mulher mais carinhosa que já conheci. Tão meiga no íntimo como na aparência. Que habilidade! Que calma! Que *sensatez*! Para mim, tão sedutora quanto Thaís. Mas nesse ponto cessa a semelhança. Atitude, segurança e decisão, porém, em Marina, tudo isso ordenado em favor de algo mais do que uma aventura sibarita. Leciona hebraico, inglês e dança tradicional. No entanto, para uma pessoa que emana, nas suas atribuições, uma aura de recato, de presença plácida, serena e inexpugnável, ela é surpreendentemente inocente e franca sobre o lado pessoal de sua vida e em relação aos seus amigos; suas plantas; seus irmãos. Inclusive os textos em tópicos. Ela é tão reservada quanto uma robusta menina de dez anos. Em resumo, essa fina associação de sóbria segurança social, entusiasmos familiares e suscetibilidades juvenis é simplesmente irresistível. O que quero dizer é que *nenhuma resistência é necessária*. Uma espécie de tentação à qual posso finalmente sucumbir.

– Isso não me é estranho. [risos] Boa descrição, muito bem escrita. Mas sucumbir?

– Posso pedi-la em namoro.

– Sucumbir.

– Posso casar-me com Marina. Chega?

– Sucumbir.

– Posso converter-me. Chega?

– Chega.

——— Aquela borboleta continua no teto, [risos] antecipou-se: ela está morando comigo.

– Borboleta negra tem algum significado?

– Não sei. Você é supersticioso?

– Não.

– No interior, tantos insetos.

– Minha mãe apavora-se com mariposas, borboletas; mas nasceu no interior também.

– Deve significar mau agouro.

– Talvez, querida; talvez seja apenas uma homenagem nabokoviana.

– Amor, o que está fazendo? Homenagem? Naboquê?

– Vestindo as roupas. Eu preciso.

– Já?

——— Fale mais sobre ela.

– É inocente, franca, segura. Culta. Contou-me sobre o Golem e sobre os Pogroms e a Diáspora. Conhece um pouco de Hércules e Ulisses.

– Percebeu como já mudou o tom?

– O tom?

– Quando você descreveu a primeira noite com Marina, apelou para frases cafonas de poesia menor. *Guardava o sábado em meus braços. Olhos verdes que refletiam o céu já completamente estrelado.* Completamente apaixonado. *Ma-ri-na, mar de minha sina.* Ninguém fala assim, nem de forma romanceada.

– Pois é, confesso, perdoai: sou poeta menor, perdoai. Estou apaixonado, sim. Acontece.

– Apaixonar-se pelo tema de pesquisa?

– É.

– Quantos livros sobre judaísmo você anda lendo?

– Vários.

– Algum equivale a visitar a sinagoga no *Sabbath*, visitar a casa judaica?

– Ela não é ortodoxa, você sabe. Tanto faz. É igual a qualquer mulher com quem já me relacionei. Da forma como você diz, [risos] parece que sou um crápula: apenas garimpando informações. Informação nenhuma. Nem mesmo aqueles. Não vi judeus a caráter no Clube Israelita.

– A caráter?

– Marina os classifica Urubus.

– [risos] Urubus.

– Emprestei *O avesso da vida* para ela.

– E?

– Aposto que alguns judeus ficam revoltados. O personagem Lippman, por exemplo, caricatural, faz o mesmo discurso de muitas pessoas que eu conheço.

– Ela também fala com essa voz estridente que você tentou imitar?

– [risos] Não é o tom de sempre? A coloração do fio definida.

– Apenas sustenida.

– Tentei levar adiante a conversa, mas achei melhor não discutir. O pai dela é sociólogo. Sionista, se não me engano.

– Melhor não discutir.

– E Lippman sionista. Acredito que *ela* sionista. Ou humanista.

– Melhor *não* discutir.

– Ou pesquisar melhor. Visitar a sinagoga dos urubus.

– Você não vai conseguir. Precisará arrumar uma namorada ortodoxa.

– E isso eu posso conseguir?

– Não.

— É claro que não, e até por opção; estou feliz com Marina. Tudo bem, há Thaís também, mas Thaís ocupa uma posição diferente, entende? Pensei em começar do zero. Recomeçar. Apenas com minha Bergman. Os dias aqui e as noites na casa de Marina. Então repensei e decidi manter Thaís. Não sei por quanto tempo, [risos] quantas páginas, mas talvez ela seja uma espécie de porto administrável. Além do mais, não acredito que Thaís maquinaria qualquer impasse; não fingiria uma gravidez para forçar o casamento. Até parou de falar sobre legumes ou cruzes.

— [risos] Ela está comportada. E qualquer coisa, qualquer impasse, você apaga em outra minuta.

— Administrável, não?

——————— Vou abrir uma garrafa de vinho. Para esquentarmos.

— Não posso, querida.

— Angelica Zapata, Malbec, dois mil e quatro.

— Não posso.

— Você está vestindo as roupas? Fiz aquele doce, bolinho de chocolate, fiz com chocolate preto, cobertura de frutas vermelhas; aquele, você aprovou Uma delícia.

— Querida, eu.

— Já?

——————— Igual a qualquer outra mulher com quem já se relacionou?

— Sim. Mas. Sua casa, é claro, é uma casa judaica.

— É?

— Aquela tira inclinada, sabe? Ela tem no batente da porta de entrada, no batente da porta do quarto.

— Sei.

— Aquele candelabro com sete castiçais. Dois ou três na casa, mas nunca vi acesos. Decoração? Estéreis? O piso é de madeira; poderia causar um incêndio, não?

— Não.

— Madeira escura. Nenhum tapete, alguns quadros. Em cima da geladeira, uma caixa.

— De madeira escura também?

— Clara. Baixa, quinze ou vinte centímetros. Com uma vela dentro e mais algumas coisas que não consegui identificar. Você sabe, não quis pegar a caixa, não quis fazer minha visita parecer uma investigação. Mas na vela estava escrito *Bar mitzvah*. Em alguma oportunidade melhor eu pergunto.

— Certo.

— Um tocador de vinil no quarto.

— Oposto ao aparelho de som cristão.

— Exato. E Marina tem alguns vinis de Israel, acredito. Em alguma oportunidade melhor eu investigo.

— [risos] Tenha calma com o processo, Felipe.

— Fico pensando na Bahia. Será que os judeus baianos, de Salvador, acreditam em Iemanjá?

— Pouco provável.

— Mas aquele candelabro com *sete* castiçais não poderia servir para excelentes trabalhos?

— Felipe.

— Um trabalho que amaldiçoe *May you lose your faith and marry a pious woman*.

— Cuidado, [risos] cuidado.

— [risos] Estou livre dessa: ela nasceu longe.

— Ainda bem.

— Ela nasceu longe, no Sul, e eu divergi das crenças. O ponto é: Marina não poderia desejar que fosse perdida alguma fé já inexistente.

— No entanto, Felipe, você perder a fé que deposita em nada, talvez signifique passar a depositar fé em alguma coisa.

— Não havia pensado por essa perspectiva. Ela disse que nossos filhos seriam judeus de qualquer maneira; então, se casássemos.

— *A pious woman*.

— Será? Será que amaldiçoado?

— E Marina, a Marina inocente, franca segura, culta, humanista, faria isso?

— A maldição poderia resolver certas questões.

— Poderia?

— Não há uma situação que um homem apaixonado não consiga explorar em proveito próprio.

—————— Amor, amorzinho, hoje você fica um pouco mais?

— Não posso.

— Mais um pouquinho.

— Preciso voltar para a agência. A conta da Hebraica.

—————— Os jantares de sexta são verdadeiros banquetes.

— São?

— Marina explicou. Através de uma lenda talmúdica.

— É possível contrariar?

— Narrada por um rabino em resposta à frequente pergunta: por que os judeus preparam banquetes no *Sabbath*? Uma princesa vive exilada, longe dos seus compatriotas, e definha em uma aldeia cujo dialeto não compreende. Então ela recebe uma carta do seu noivo, anunciando que não a tinha esquecido e que estava a caminho para revê-la. O noivo, diz o rabino, é o Messias; a princesa, a alma; e a aldeia, o corpo. Não compreendendo o dialeto local, seu único meio para expressar os sentimentos é preparar para a aldeia um festim. Gostou?

—————————— Amor, você tem ficado pouco, tão pouco. Tão ausente.
– Impressão.

—————————— Você sabe que a circuncisão é absolutamente necessária para se converter, não sabe?
– Sei.
– Sucumbir.
– Estou disposto.

—————————— Que frio!
– O cobertor, aqui; eu preciso.
– Já?

—————————— Como vai a sua Olivetti? Funcionando?
– Normal. Como acontece há mais de cinquenta anos. E a sua?
– Apaixonada.

——— Eu estava quase.

– Desculpe, linda, mas preciso.

——— Marina tem olhos verdes; cabelos castanhos até os ombros; a pele macia espalhada pelo corpo todo.

– Sim.

– E tem um nome em hebraico. Betje. Significa Devota. Sonoro, não?

– Não. Olhe para mim enquanto conversamos, Felipe; estou no horizonte, por acaso?

– Betjinha, mais sonoro? Devotinha. Ela morou em Israel.

– Você já disse.

– Já? Sabe como é.

– Morar em Israel? Não.

– Estar apaixonado. A vontade é de repetir e repetir as mesmas coisas.

– Um escritor.

– Não pode. É verdade.

– É grave.

– Não se pode repetir.

– Não se pode repetir.

– Certo.

– Certo.

– Certo.

——— Desculpe, linda, mas preciso.

——— É muito grave?

– Muito.

– Mas aqueles olhos, Philip, aquela pele.

——————— Já?, Felipe?, *já?*

——————— Você tem ficado pouco, tão pouco, no apartamento de Thaís; tem ficado menos, gradualmente. Ela deve estar imaginando um comprimido por segundo, só assim para encarar a noite.

– É porque tenho ficado mais, gradualmente, na casa de Marina.

– Mais até do que neste lugar! Jantaram ontem?

– Sim.

– *Challah*? *Matzo*? Havia sangue cristão?

– [risos] Ela não é ortodoxa. Come o porco. Apenas frequenta a sinagoga, leciona hebraico e dança tradicional. Morá Marina. Apenas é líder de um movimento juvenil semítico. Apenas morou em um *kibutz* perto de Haifa. Ela come o porco, mas ontem era comida *kosher*.

– Morá Betje. E bebe.

– Sabe o que bebemos? Saquê.

– Muito típico.

– Era comida japonesa. Com alga enrolando arroz, molho *shoyu*, cogumelos. Marina disse que os peixes eram *kosher*, menos o camarão. Tanto faz: não como camarão, sou alérgico.

– Tanto faz de qualquer maneira. Você pode comer camarão, pode comer o porco, pode comer o que quiser! Você não é judeu. E mais: aqui, *no livro*, você nunca terá uma reação alérgica.

– Não havia pensado por essa perspectiva. Eu adoro camarão. Você come? Ou só comida *kosher*?

– Como tudo.

– [risos] E todas! Pode comer quem quiser. Servem iscas de camarão aqui?

– É você quem dá as cartas.

– Uma porção de camarão, duas cervejas, por favor! Será que eu não deveria apagar Thaís de vez? Não deveria queimar este *Mentiras*. Queimá-lo e comprar uma casinha afastada. Minha velha praia. Quanto tempo uma pessoa pode passar olhando para o mar, mesmo sendo o mar que ela ama desde criança? Philip, será que estou fazendo as coisas direito?

– E se você precisar da turbulência?

– Precisar das dúvidas? Mas eu não deveria, não sei, pedir Marina em casamento? Passaríamos a vida comendo peixes japoneses, *forshpeis*, não importa. E com filhos judeus, felizes.

– O problema é ser dividido em dois. E não falo da vida dupla. Isso jamais mudará. Um Felipe não vive para o outro escrever?

– Vive. Mas, mas uma casinha na praia.

– E o Felipe que escreve?

– Terá os sentimentos, o amor, não?

– Eu estou apenas sugerindo, ou talvez seja mais adequado dizer *pressupondo*, que uma vida pessoal desorganizada é provavelmente melhor para um jovem escritor. Melhor do que encher os pés de areia com uma aliança no dedo. Seu trabalho possui turbulência, que precisa ser alimentada. E não através de peixes frescos *kosher*. Você não pode sufocar o que é um dom.

– Estou entendendo. Levar em conta o caos, garantir que ele se manifeste.

– Apaixonado? Excelente. Mas entenda, aquele que forma um vínculo; entenda, não é o Felipe que vive quem poderá escrever O fato é que Felipe se matou, quando tudo perder a magia. E saiba: tudo perde a magia.

– Mesmo o amor, ou o mar, ou Marina?

– O mar estupendo. Talvez seja o único.

– Que dê vontade, sempre, de saltar do carro à

beira-mar e sentar-se em qualquer banco voltado para ele. O mar estupendo.

– Talvez seja o único. Por estar constantemente mudando sem jamais mudar.

– Já o amor.

– E Marina, Thaís;

– Phoebe, Amy Bellette;

– Todas;

– Todas.

– O escritor não se pode repetir.

– Não adiantariam peixes *kosher* e peixes *kosher* e peixes *kosher*.

– Não.

– Pois se o peixe fosse *kosher* noite após noite.

– O fato é que o Felipe que vive poderia suportar.

– Mas o Felipe que vive *só vive* para o outro escrever.

– Você entendeu.

─────────── Minha garganta. Ela. Fechada.

– Fechada? Felipe!

– Comi. Camarão. Iscas. Reação alérgica. Hospital.

– Deus! Fico pronta em um instante e.

– Sozinho.

─────────── Veio cedo, hoje.

– Terminamos.

– O livro? Você e Thaís?

– Eu e Marina.

– Betjinha? Já?

– Estou sem dormir. Ela não quer. Não quer mais.

– Por quê? E o que você?

– O que eu deveria fazer? Implorar de joelhos?
A man never got a woman back, not by begging on his knees.
– Continue.
– *I'd crawl to you, babe, and I'd fall at your feet, and I'd howl at your beauty like a dog in heat, and I'd claw at your heart, and I'd tear at your sheet, I'd say Please, please, please, please.* Mas não adianta. *I'm your.* Não adianta cantar, não sou mais seu homem. Ela sabe o que é possível e o que está fadado a não ser. Reconhece o bom judeu? A. Oz. E fiquei acordado: horas, horas, a noite inteira. Ela não queria mais. Não queria continuar. Inferno. E os olhos verdes. Horas. Então *Meu Michel*, que ela me emprestou, da biblioteca de seu pai, sociólogo, o pai dela, sionista, se não me engano, você sabe, *Meu Michel* de Amós Oz, outro de Amós Oz, o bom judeu, dela, peguei o livro e.
– Calma, Felipe. Um copo d'água, por favor!
– E o livro, *Meu Michel*, surrado, uma edição de mil novecentos e oitenta e dois, amarelado, quebradiço. Não para continuar a travada leitura, mas tentando encontrar um pouco de Marina, uma réstia, naquelas páginas. Não para encontrar alguma relação entre as histórias dela, perto de Haifa, as histórias dela e Oz nos *kibutz*, onde ambos viveram, mas para cheirar todas as letras. O A, o m, o ó, o s da capa. Eu procurei fundo, mas, no ranço dos ácaros, nenhum cheiro de balinhas. E na primeira página E, s, c, r, e, v, o, p, o, r, q, u, e, p, e, s, s, o, a, s, q, u, e, a, m, e, i, j, á, m, o, r, r, e, r, a, m. Não era o que havia acabado de acontecer? O esquecimento não é uma forma de morrer? Forma de morrer e matar diariamente? Não! A partir de *agora*, Marina começará a sumir? Não! Não! Como na doença, Alzheimer, de meu avô. E nada funcionava. Letras avulsas, desordenadas, um M

caixa alta e um a e um r e um i e um n e um a; nada. Nada, nada. Apenas cheiro de bronquite.

— Calma, Felipe. Tome este copo d'água. Tente espairecer, vá encontrar Thaís.

— Você não tem sentimentos?

— Calma, Felipe.

— Estou cravando o coração aqui, e você.

— É uma ideia. Foi uma ideia.

— Pensando bem, será melhor. Para não desabar em casa, Philip, durante a insônia, ensandecido atrás de B, e, r, g, m, a, n; onde as balinhas, inferno?

———————————— Chegou tirando a roupa. Você não disse uma palavra.

— Desculpe.

— Como?

— Desculpe.

— [risos] Sua voz rouca de tão inoperante. Você está arrasado, olhos baços. Não quer conversar?

— Não. Aceito a bebida mais forte que você tiver.

———————————— Ressaca?

— Não consigo escrever.

— Não?

— Estou muito abalado.

— E a noite anterior?

— Thaís é compreensiva, nem A. Tchekhov aguentaria aquele silêncio fosco. Philip. *Não consigo escrever*. Eu deveria queimar este *Mentiras*. E não para comprar uma casinha na praia. Minha vida encolheu. Para esquecer.

— Sua morte, sua ruína. Você precisa relaxar.

– Uísque. C. Nooteboom definiu uísque.

– A língua cambaleando pela boca?

– Fumaça com avelã. Já intentei aprender o holandês para ler sua obra na cadência original. Tremas; a harmonia das letras dobradas, vogais, o e o, feito um par de olhos atônitos: No-otebo-om. Não é hiperbólico: estudei francês por causa de M. de Montaigne, mas duas mulheres tomaram minha atenção nas aulas.

– Duas? De uma vez?

– [risos] Não é hiperbólico. Estefania, sem o circunflexo, e Camila; apenas amigas.

– E Montaigne?

– Eu planejava ler um ensaio por noite, mas isso foi antes de ser perseguido; agora livros judeus. Meu amigo Humberto proferiu Livros com prefácio, mas sem prepúcio. [risos] Acredito que não tem a menor graça na sua língua.

– A menor graça.

– Um ensaio por noite. *Da covardia. Dos prognósticos. Dos livros* é um presente ao escritor que emprega referências implícitas.

– Você.

– *Quero que deem um piparote nas ventas de Plutarco pensando dar nas minhas, e que insultem Sêneca de passagem.*

– Montaigne como escudo.

– [risos] Armadura. E *Da tristeza*? Não é excepcional? Quando cita Petrarca, sobre a paixão, *Quem pode dizer a que ponto arde, arde bem pouco.* Isso não arde na alma?

– Você nunca disse a que ponto ardia sua paixão.

– Por Marina?

– Você teceu descabidos elogios.

– Alto lá!

– Evoluindo para certa insanidade: pelo cheiro, pelo ritmo; frisou, várias vezes, Apaixonado. Quando

Betjinha sonoro? Coloque Betje, pois, em alguma poesia. Quero ver. Está muito abalado? Com dois *[risos]*? Dois! E Nooteboom e Montaigne e Estefania e Camila e Humberto e prefácio e prepúcio e Plutarco e Sêneca. Abalado?
– Philip.
– Uísque?
– Não sabia que judeus oferecem bebidas. Aceito, é claro. Duas doses de fumaça, por favor, com avelã!

——————— De um lado para o outro, de um lado para o outro.
– Quero um cigarro.
– Felipe? Cigarro?
– Sim.
– Toma.
– Obrigado.
– Não é. Não trague. Sem saber, vai ficar tossindo.
– É a bronquite. Inferno. Preciso dar uma volta.
– Ar puro?
– Isso.
– Vou com você. Coloco uma roupa e.
– Eu preciso ir sozinho, desculpe.

——————— Marina está em todos os lugares. É como se eu fosse retalhos, trapos.
– Há possibilidades de reconciliação?
– Quase nulas. E quando escrevo para esfriar os nervos, qual é o tema?
– Ela.
– E não consigo. Infringi o provérbio Não misturar trabalho e amor. Acredito que seja ainda pior misturar trabalho e amor quando o trabalho é a ficção.

– *Mentiras* não é ficção, *nunca* foi. A ficção e o homem são uma coisa só! Você não entende? Chamá-lo de ficção é a maior ficção de todas!

– O que devo fazer?

– Uma carta.

– Será? Gosto de escrever cartas, mas é uma relação, uma relação com, com.

– Uma relação com fantasmas.

– Isso, Kafka. *Não só com o fantasma do destinatário, mas com o nosso próprio fantasma, que surge entre as linhas da carta sendo escrita.*

– Aterrorizante.

– E os beijos, que jamais ancoram em seus destinos, são bebidos, eu diria sorvidos, eu diria *sugados*, pelos fantasmas do percurso. A maior lástima consiste em sentir que não fui aceito por sua família.

– Você acredita que tenha sido esse o porquê?

– Ah, minha Capuleto! Por quê? Tudo porque não sou judeu!

– [risos] Sua Capuleto?

– *Que me prendam! Que me matem!*

– Calma, Felipe; escreva, escreva, escreva.

——————— Primeiro, olhos baços, a minha bebida mais forte; ontem, um cigarro e tosse, tosse. É mulher? Você me traiu?

– É trabalho, Thaís. Não consigo. Péssima redação, nem mesmo *uma* linha decente. A bebida, o cigarro; Stilnox e Stilnox para relaxar. Mas a ansiedade. Estou uma pilha!

– Pois será resolvido já.

– Como?

– Sexo em excesso.

——————— Minha vida encolheu e continua encolhendo. Não sei o que fazer. Já tentei de tudo.

– Até fumar. Deu certo?

– Encaro a página vazia durante horas, não consigo, desisto; esforço-me para dormir, não consigo. Dormi com indutores, aliviado. E, na brusca desvigília, um trovão do *goy* T. Waits ressoou amaldiçoando *May you have a good long sleep and may your dreams be only of your troubles.* Maldição judaica.

– Essa é boa.

– Boa? Philip, *eu perdi a magia.*

– Ao sonhar? Os pesadelos cessarão. Essa mandinga não há de ser tão eficaz.

– Não. Não. Não. O impulso esgotou para as palavras. É muito pior. É a pior maldição que eu poderia sofrer.

– Tenho um amigo psicanalista.

– O café da manhã. Até o café da manhã eu aboli. O Felipe que vive não vive mais; o que escreve, não escreve mais. Devo simular um suicídio na peça de Tchekhov? *A gaivota*? Não sou ator também! E agora, não no palco, mas dentro do *texto*? Não consigo; também não consigo. O duplo que escreve não conseguiria nem O fato é que Felipe se matou. Pois foi exatamente essa a magia perdida.

– *O fato é que Felipe se matou* não seria apropriado neste momento. Muito pelo contrário. Confuso, você não percebeu o que se passa. Você precisa relaxar, descansar; ou precisa de Thaís. Do sexo em excesso.

——————— Outra?

– Outra!

– (...)

– Outra?
– Outra!
– (... Ah!)
– (...)
– Outra?
– Outra!
– (...)
– (...)
– (...)
– Outra?
– Outra!
– (...)
– (...)
– (... Ah! Ahh! Ahhh! Ahhhh!)
– (...)
– Outra, amor?
– Outra!

──────── Sabe o que M. Ali confessou ter pensado no décimo terceiro round daquela terrível luta com J. Frazier? Muhammad Ali era um homem corajoso.
– Não faço ideia.
– Você ainda não percebeu o que se passa?
– O que Ali pensou, Philip?
– O que é que eu estou fazendo aqui?
– E?
– Ele estava lutando, apanhando, batendo.
– Minha cabeça vai estourar!

──────── Outra, amor?
– Outra!
– (...)

– Outra?
– Outra!
– (..!)
– (...)
– Outra?
– Outra!

───────────── Como você está?
– Como se Marina tivesse me abandonado.
Vou começar a escrever meu panegírico. O drama
é que nem mesmo um panegírico! Pensei que o sexo;
mas: nada.
– O drama carnal da comédia humana. Porque
as duas últimas noites com Thaís, ainda que
exageradas, foram boas, não foram? E você não
enxerga o mais evidente, lembra do que Muhammad
Ali confessou ter?
– Não. E não entendo coisa alguma de boxe. Assisti
apenas a uma luta, de meu amigo Marcell; rendeu-me
um soneto. Eu conseguia escrever decassílabos!
Preciso voltar.
– Voltar, reatar o namoro?
– Voltar a escrever, Philip! Que para isso eu precise
de luvas e daquele protetor bucal esbranquiçado.
Que eu precise manchá-lo de vermelho. E se escrever
estiver atrelado a Marina, então *nós vamos* reatar!
Que eu precise desafiar todos os Bergman da cidade.
Newark tinha muitos lutadores, muito boxe; você
entende do esporte.
– Entendo mais de beisebol: *Glorious Mundy*,
Gil Gamesh.
– Que eu precise, então, trajar-me com um
uniforme de jogador de beisebol, ao invés da nudez
solitária e dolorosa, trajar-me com todo o *glamour*

que há em um uniforme de beisebol, seja como for, mas preciso conseguir tomar as decisões para o rumo deste livro!

– *Deste* livro, Felipe. Boxe, beisebol; esqueça, volte para o seu território. Para a sua única realidade.

– E qual é minha única realidade?

– Você está apanhando, batendo, Felipe, mas a questão é que está *escrevendo*. Constantemente. Nunca deixou de estar.

– (...)

– É o que você esteve sempre fazendo. Respirando, escrevendo; imaginando, recriando, escrevendo; vivendo para despir; amando, escrevendo; ensandecido, escrevendo. E reescrevendo e redespindo.

– Estou perplexo. Não percebi, não enxerguei o mais evidente.

– Acontece.

– E agora? O que devo fazer? Meu panegírico?

– Relaxe. Continue o trabalho. Seja regular, mantenha a ordem e deixe as coisas fluírem.

―――――― Outra?

– Não.

―――――― Nocauteado no primeiro round?

– [risos] Não. Apenas, conseguindo escrever, havia muita noite pela frente.

– E agora, menos paranoico, o que é que você pretende?

– Menos? Só isso? Quero resolver Marina.

– [risos] Sem luvas e protetor bucal?

– [risos] Flores? Quem sabe, uma carta.

—————————— A borboleta negra.
— Onde?
— Sumiu. Venha, abraço. O vento. Que mãos geladas.

—————————— Pensei na carta.
— E?
— Marina, você foi ótima para a minha vida. Obrigado. Entretanto.
— Espere. *Entretanto* significa? Desistiu?
— Pensei muito e acredito que será melhor assim.
— Então comece diferente.
— Diferente?
— Não agradeça. Ela rejeitou sua paixão sem piedade.
— Marina, apesar de você ter sido ótima para a minha vida.
— Melhor. Mas qual o objetivo da carta, se não há objetivo de reparação?
— Talvez, um dia, eu sinta falta. Um dia. Talvez já esteja sentindo.
— E por que desistiu? Não estava ensandecido, assolado, cogitando boxear?
— Estava, mas pela magia perdida: a magia do texto. Pensei, repassei nossas conversas; Marina alimentou minha escrita o quanto poderia. Até o ponto extremo em que poderia. Se reatássemos agora, seria para comprarmos uma casinha na Riviera. Não é disso que eu preciso, você explicou.
— Turbulência.
— Turbulência, sim. O ponto final do livro não deve precipitar-se aqui. Não deve precipitar-se recalcado, insípido, o ateu e sua judia colocando a bagagem no Plymouth castanho-claro. É esse o objetivo da carta: resolver Marina, resolvê-la em mim.
— Qual teor?

— Chateado? Mas um chateado-provocação.

— Vá em frente.

— Marina, apesar de você ter sido ótima para a minha ficção.

— [risos] Isso! Tente o primeiro começo.

— Marina, você foi ótima para a minha ficção. Obrigado. Entretanto, foi péssima para a minha vida.

— Feroz, não?

— Entretanto, o fato de eu não ser judeu.

— Enfatize.

— Entretanto, o acaso de eu não ter nascido em uma família judaica, Portnoy ou Rothschild.

— Isso!

— Fez com que você se afastasse. Não era suficiente minha admiração?

— [risos] Não, você precisaria.

— Sucumbir. Eu estava disposto, Philip. Um dia, talvez, enfim; Marina, a admiração por você, abre parêntesis, e seus costumes, fecha, é tanta que estragaria minha obra, caso reatássemos. De forma que, por enquanto, prefiro afastar-me completamente.

— *Por enquanto?* Os Bergman não.

— Por enquanto.

— Você quer dizer?

— Ainda sou *goy*.

— Ainda?

— Se convertido, [risos] *a pious man*, Marina pode aceitar-me de volta.

— E você pretende?

— Pensar no assunto. Só isso.

— Você está louco.

— Vou continuar trabalhando seriamente com regularidade e ordem.

— Continue a carta.

— Marina Bejte Bergman, você foi ótima para a minha ficção.

– Bejte?

– Lembrei-me de Fernando Vallejo, ele disse que uma excelente forma de ofensa é errar o nome do destinatário em carta.

– [risos] Excelente.

– Ótima para a minha ficção. Obrigado. Entretanto, o acaso de eu não ter nascido em uma família judaica, Portnoy ou Rothschild, fez com que você aniquilasse nosso relacionamento. Não era suficiente minha admiração? Tenho certeza de que seria aceito, certeza absoluta, caso convertido, caso visitasse Haifa, Jerusalém, Tel Aviv. Caso batesse a testa no muro e beijasse o solo sagrado. Pergunte para o sociólogo sionista. Mas não é suficiente minha admiração? E é tanta a que sinto por você, parêntesis, e seus costumes, que minha obra correria o risco de ser corrompida, caso reatássemos. Entende? Minha obra correria o risco de parecer. De forma que prefiro, por enquanto, afastar-me completamente. Assim, tenho a turbulência necessária para estudar, por exemplo, a Torá. Para continuar sendo perseguido por livros judeus. Para, quem sabe, tornar-me judeu também: visitar Israel, bater a testa, beijar o solo; e voltar a comprimi-la em meus braços. Marina, você, morfina desta carta, aceitar-me-ia de volta? Caso a barba cada vez maior, caso a língua cambaleando em hebraico? Não responda. Eu preciso da turbulência, do caos. Logo chega o natal; estou confuso: abdico do peru? Espero que em breve, na hora certa, vivamos juntos, envelheçamos juntos, criando juntos nossos filhos judeus, felizes. Até lá.

– Você é louco. *Mazel tov*.

– Felipe, dezesseis de dezembro de dois mil e dez.

———— Não está mais uma pilha. Ufa! Sempre distante ou apressado ou nervoso.

– Eram campanhas com elogios descabidos, evoluindo para certa insanidade, evoluindo para um vasto desatino.

– [risos] Campanhas desatinadas?

– A Hebraica; o Google; e uma nova agência de viagens. Recebi um *brief* Agência de viagens, Focada em pacotes com ênfase cultural, Promoção de pacotes para Israel.

– Acho que vi na televisão!

– Roteiros que eu escrevi. Haifa e Holon e El Al. E exaustão.

– Veio a crise criativa.

– Era almejar o seu corpo, Thaís, e não poder tocá-la. Uma emoção devastadora. Como se eu tivesse quase oitenta, impotente, e desejasse prazeres sexuais. E a crise criativa, a impotência, aconteceu no âmago da imersão: quando eu estudava a fundo o judaísmo. Por sinal, hoje comprei uma Torá. Aquela embalagem.

– É um livro? É imenso! Amor, você é a pessoa mais dedicada e perfeccionista do planeta.

– Para que nenhum deslize.

– Mas as campanhas acabaram, não?; você disse *Eram* campanhas.

– A conta da empresa continua nossa. É assim: vai e vem. Estou terminando uma novela, comecei ontem no almoço; depois, a Torá.

– Redatores publicitários leem muito?

– Claro.

– E o que foi que você começou no almoço? Você lê durante as refeições?

– De tanto almoçar sozinho, desenvolvi esse hábito. A história? O relacionamento entre um judeu e uma *shiksa*.

– *Shiksa*?

— E sobre beisebol também; sobre a mãe judia, *alguém que passou a vida inteira fazendo coisas pelos outros.

— Elas são assim?

— Mas a questão judaica não é o foco central do livro. É, apenas, o meu carma.

— [risos] Aposto que seu próximo roteiro será sobre cultura indiana, ou chinesa, ou.

— Nunca se sabe.

— Qual o título? Da novela.

— *Travessia de verão*.

— Quem escreveu?

— T. Capote.

———————— Enganando os leitores.

— [risos] Consegui enganá-lo também?

— Não. E por que *T.* Capote? Por que *W.* Benjamin? Por que *G.* Flaubert? Que palhaçada. Por que não Truman Capote, Walter Benjamin, Gustave Flaubert? Que palhaçada, abreviar. É um recurso? Para quê? É inerente? E da novela, *Travessia de verão*, gostou?

— [risos] Não. Capote arrasta-se por uma fórmula rasa. E fiquei decepcionado quando li *bar mitzvah*. Belisco uma novelinha aleatória para esquivar-me um átimo da Judeia.

— Felipe. Deixe aleatoriedade para os ingleses ou *Ulysses*. Ambos sabemos que *nada* por aqui é aleatório. [risos] Entendo como artimanha para me agradar.

— Agradar a você? Já falei o quanto gosto de S. Bellow?

— E os roteiros de viagens culturais para Israel?

— [risos] Thaís acha que viu os comerciais na televisão. Ingenuidade.

— E a Torá?
— Comprei.
— Absurdo.
— Folheei a Torá da direita para a esquerda; bilíngue, [risos] graças a Adonai! O volume é um pouco desconfortável. Imenso. E a grande mancha também não convida à prática da fé: se você quiser chegar ao final da linha, precisa ir virando a cabeça devagar.
— [risos] Sei.
— Mesmo assim, parece interessante. Sinai, Canaã, Jerusa.
— Vamos falar sobre coisas importantes: de Saul Bellow, você gosta?
— Ah, sim. Já leu a carta mais antiga, das que sobreviveram, que ele escreveu? Rompendo relações com Yetta. Jovem, um menino, aos dezesseis anos.
— Li, esfomeadamente, o livro todo, *Letters*, em três noites.
— *As ondas vêm com raiva em direção à casa, elas não conseguem alcançá-la, elas rosnam e são puxadas para trás*. Penso em desenvolver um ensaio sobre essa carta soberba, esse documento literário.
— Vá em frente.

——————— E o escritório?
— Uma chatice. Amor, sabe o que nós deveríamos fazer? Viajar.
— Para onde? Não posso tirar férias agora.
— Para aquela praia de que você tanto fala.
— Será que ela ainda existe? Ou já existiu? Tenho um amigo psicanalista, freudiano, Luiz Tenório, ele questionou o meu Paraíso: ele insinuou que as pessoas podem se iludir sobre bons e velhos tempos que jamais aconteceram.

— Nossa.

— É um conselheiro agudo.

— Jura?

— Tenório relaciona todas, sem exceção, as angústias humanas com A, figura materna fálica e B, paterna, reprimida. Essa combinação *sempre* resulta em um adulto potencialmente narcisista e complexado.

— Isso é muito complexo, Felipe. [risos] Mas interessa a figura fálica. Nabo.

— Pepino, berinjela.

— [risos] Quer jantar aqui? Amanhã?

— Depende.

— [risos] Do quê?

— Da nulidade vegetal.

— [risos] Sem os vegetais do armário da cozinha.

— Serei intimado a acompanhá-la, depois, à missa?

— [risos] Besta.

— Certo. Qual será o cardápio, *chef* Thaís?

— A iguaria? [risos] Tem que voltar amanhã para descobrir.

——————————— As pessoas podem se iludir, então?

— [risos] É o que dizem, não é? Tenório. Adivinhe sua especialidade.

— Narcisismo?

— Não. Manhattan.

— A ilha?

— E também aparenta ser confiável. O diferencial? Nunca pega um ônibus. Você confiaria seus piores segredos para alguém que sai em público e pega um ônibus?

— Com relutância.

— Por isso que me revelo apenas para os dois: você e Tenório estão sempre com vocês mesmos.

– E no mesmo lugar.
– Recomendei *Letters* a ele. A carta para Yetta.
– E?
– Você conheceu Yetta?
– É para o ensaio? Ou para o seu livro?
– É. É. [risos] É *tudo* para o meu livro.
– [risos] Conheci Susan.
– Ah.
– Serve? Tivemos um caso em Chicago. Eu perguntei se ela queria ir comigo a uma conferência de Bellow na Hillel House. Ao encerramento da palestra, Susan apresentou-se ao escritor. Sabemos o resto.
– Susan passou de Susan Glassman para Susan Glassman Bellow.
– Antes de martelar n problemas judiciais e financeiros no ex-marido.
– Ela já não era a boneca de Bellow. Aceita um drinque? Já imaginou?, Susan Glassman e o seu sobrenome? Glassman? Glassman ou Goldman?

———— Sou péssima cozinheira.
– Estava uma delícia, boneca.
– Vou caprichar mais da próxima vez. De qualquer forma, eu.
– O quê?
– Mereço uma recompensa, não?
– Outra? Merece.
– Ai. [risos] Faz cócegas.
– A barba?
– Ela pinica. Na barriga. Ai. [risos] Eu nunca tinha visto um Felipe não barbeado.
– Você prefere como?
– É inovação. Eu gosto. Mas prefiro sem.
– Estar barbeado?

– [risos] Sem barba! Faz a barba?
– Não.
– Às vezes você parece um felino.
– Pareço?
– Vem de mansinho, de mansinho.
– E?
– Ataca.
– Assim?
– Felipe! [risos] Faz cócegas! Não era ataque de.
– Não é seu corpo o que ataco?
– São meus olhos. Meu corpo. Meu corpo, às vezes eu o detesto. E fico achando que você também. Que você gosta ainda menos do meu corpo do que do meu jantar. A gente vai perdendo o viço.
– Você é linda. O seu corpo é exuberante.
– Queria trocar. Uma perna sem estrias.
– Nada disso. Uma delícia: culinária *e* corpo.
– Vamos trocar as pernas?
– Se pudéssemos.
– Você trocaria? Para me alegrar?
– Eu arrumaria cada marquinha, Thaís, dessulcaria cada estriazinha que você pedisse.
– Pena que é impossível. Impossível. Estou ficando com sono. Vinho.
– Mas e a recompensa?
– Amanhã?
– Claro. Quer o lençol?
– É impossível. Ei, amor. Eu comentei que você fica muito elegante de preto? Elegante. Parece um felino.

——— Você fica elegante de preto.
– Não seja irônico.
– Essa *mezza*-barba *já* está pinicando a barriga da sua bonequinha cozinheira?

— Bonequinha, sinto a sua falta no Caribe. Coisa de filme. Bellow, Bellow. Você também chamava Susan Goldman assim, boneca? Ou simplesmente Susan Goldberg?

— Felipe. E o jantar? Aprovado?

— Aprovado? Melhor do que o bolo frio de chocolate branco. Lembra? Faz tempo.

— [risos] Faz tantas páginas. E agora?

— Agora? [risos] Vou continuar intercalando, desenrolando, tardes e noites. Vou deixar as coisas fluírem. Por exemplo: Thaís deve ser apegada ao natal.

— E é quase natal.

— Quer um pinheiro enfeitado?

— Preciso responder? Uma árvore de natal jamais fluiria espontaneamente aqui.

———— É quase Natal! *Jingle bells*! Vamos decorar o apartamento? Mesmo que você não, você não seja, bom, você.

— Claro. Posso ajudar na árvore. Isso alegra você?

— Muito!

— Compro algumas bebidas, será divertido. Meu avô, já falei dele.

— O que morreu de Alzheimer?

— O natal era lá.

— Tive um avô médico, sabia?

— Também?

— Ele chegou a embarcar para a Itália durante a Segunda Guerra.

— Sério?

— [risos] Ele ensinou para mim algumas nomenclaturas.

— Quais?

— Calma. Hoje é ilegal reclamar do frio, é ilegal dizer

para abaixar a música, é ilegal rejeitar uma segunda taça de vinho.

— Eu nunca rejeito! E qual seria a música alta?

— Plastic People? Não. Não sou eu quem decide. A. Mantovani ou A. Kostelanetz?

— Só tirando cara ou coroa.

— Estou conhecendo alguém melhor. E você?, Felipe. Será que você me conhece bem assim?

— Conheço.

— Mesmo vendado, amor? Mesmo vendado você me reconheceria?

— Reconheceria.

— Posso fazer um teste? Com a minha blusa? Mas acho que nenhum deles, Mantovani, Kostelanetz, é bom para a ocasião. C. Parker, sim. O saxofone.

— Bird, sim.

— Firme?

— Firme.

— Certo. *My old flame*? Segunda taça, amor?

— Aceito.

— Que tal um banho de vinho? Um banho de Angelica Zapata. Lábios.

— Cuidado!

— Vou beber da sua anatomia! [risos] Queixo. Pescoço.

— Gelado.

— Reconhece a minha língua? Que pescoço malbequiano: violeta, ameixas.

— Ameixas? Vamos repetir isso na ceia?

— Vamos, e muito mais. Barriga. É a minha língua?

— Barriga! E muito mais.

— Nossa velha brincadeira infantil, brincadeira de médico: a urologista indomável e seus deleites fálicos.

— A cama. Colchão. Piscina. Se continuarmos. Não pare!

— [risos] Coxas.

— Coxas!
— Esconde-se um fêmur aqui. Alcoólico.
— Fêmur!
— E, finalmente, ah!

——————— Exato. E ela nem percebeu, foi lambendo minha anatomia ébria ao ritmo do baixo. [risos] Thaís dizia Pescoço e bebia Lá maior, beijava Lá maior, Si maior, Lá maior. Ela acabou se envolvendo, Philip. *My old flame* em cíclico reprise. Eu decorando, vendado, cada passagem; ela devorando, poderosa, indomável Thaís! A noite inteira repercutindo, não, percutindo, não, incorporando os graves de T. Potter. A noite inteira lambuzada; e Potter, Miles, Parker, uma extravagância auditiva. Quase me esqueço: vamos decorar o apartamento para o feriado. Estou com planos.

— Algemas? Vendas? Calcinhas comestíveis?
— [risos] Nada disso. É hora de mudanças.
— Você resolveu?
— Recomeçar.
— O livro? *Salve*.
— Não, Philip. Recomeçar a vida. Ainda estou com o jazz reverberando na cabeça. A partitura com o baixo de Potter gravou-se feito pinturas rupestres nas paredes do meu crânio. Onde foi que li algo parecido com isso?
— Não me lembro. B. Malamud? I. B. Singer? Até minha memória para livros enfraqueceu.
— [risos] Pelo visto, a minha também. Enfim, parece-me que isso é a vida.
— Esquecer as leituras?
— Não saber o itinerário do jazz. A incerteza. De repente, cai para um Si bemol em cachoeira e substituem-se as coordenadas. Bem aqui, na ficção,

estou limitado de todas as formas possíveis. Para quem olha de fora, parece uma vida de liberdade. Sem horários, sem obrigações; mas quando estamos escrevendo, o que acontece?

– Tudo é limitação.

– Rituais, temas, sentidos. É uma prisão. É como se a partitura rupestre do nosso crânio esbarrasse em uma nota fora da escala o tempo todo. Isso é brutal. Ser lembrado das próprias limitações, é terrível; se você gosta disso, não há melhor trabalho. E não temos obrigações? Piada. São as mais ferozes, por serem autoimpostas. Quero uma ligação ativa com a vida, e quero isso agora. Quero uma ligação ativa *comigo mesmo*. Si maior, Lá maior. Estou cheio de canalizar tudo para o meu texto. Quero a coisa real, a coisa *crua*, não para escrever sobre ela, mas por ela mesma.

– Compreendo.

– Programar o natal, aquela música, aquela música envolvente; pensei Posso atravessar, ainda, a linha de sombra. Tenho lido a Torá, mas não basta. Ela é mais um texto, *outro texto*. Quero recomeçar, *Lembra que falei sobre Marina, minha amiga judia?*, é isso o que pretendo, e não voltar ao zero, à página em branco. Pretendo desenrolar essa prisão ao máximo, vou desenrolar esta prisão ao máximo.

──────────── O chapéu ficou esquisito. Eu tomei um susto quando abri a porta. Você parecia maior.

– Quer colocá-lo?

– Estou suada. Ai. Hoje não tive audácia para entrar no supermercado. Um formigueiro.

– É, boneca; é a última hora.

– [risos] Foi uma indireta? Vou comprar nozes. Gosta de nozes?

— Sim.
— A árvore está encaixotada. Adoro esses preparativos.
— Estas preliminares?
— [risos] Que malícia!
— Defina Malícia, por favor.
— [risos] Para um baita malicioso como você? Não sei, defina para mim.
— A maneira de interagirmos com a vida?
— Pertinente.
— Pensando bem, essa é minha palavra favorita: malícia.
— Por quê?
— Não acha bonita? Ma-lí-cia. Pesa e flutua. No *lí*, o vértice da pirâmide; ela parece maior do que na realidade.
— Amor? Nós bebemos *ontem*.
— Eloquência da ressaca.
— [risos] Virei o colchão para dormir. Ensopado. Uma piscina.
— Eu não vi.
— Besta. E hoje?
— Natação?
— [risos] No chuveiro. Hoje eu quero gritar.

——————— Como vão os planos?
— Em segredo.
— Fascinam-me os segredos: deformidade profissional.
— [risos] Estamos nas preliminares. Carruagem vagarosa.
— E o jazz?
— Fiquei pensando como seria Thaís e W. Marsalis.
— Na cama?
— Eu e Thaís. Na cama. Em pé. Ela só de chapéu, em frente ao espelho.
— Sabina-talmúdica *style*.

– Marsalis no aparelho de som, trompete; [risos] teria múltiplos resultados. Aquela coragem transgressora. Chego a ficar intimidado.

– Escutei direito?

– [risos] A carne dela enxerga cada movimento.

– Autodefesa.

– Bem provável. Cada passo das palmas, cada laço de pernas. E autodefesa também quando grita uma sacanagem, quando pede para que eu grite uma sacanagem.

– E você grita?

– Prefiro a sacanagem sem escândalo.

– Fica intimidado?

– Somente pela artilharia sexual que ela desfila; certo receio, mas não devido aos gritos. [risos] O sexo não é um momento íntimo?

– E vocês deixam as janelas abertas.

– Para existirmos. Prefiro a *Telephone dance* dos perdedores do judeu *Jikan* Leonard Cohen. E Thaís Grite que eu sou a sua puta. Grite! Não.

– Nem mesmo com sinfonias no aparelho de som?

– [risos] Eu cochicho Você é a minha puta. Outra coisa: aquele Jesus pendurado, julgando a nossa performance com o canto do olho. E a Mãe Abençoada. Não que seja incômodo, não, incômodo nenhum, despir-me diante desses espectadores, mas, não sei, uma Afrodite feita de gesso caberia melhor.

– Se os votos a Zeus.

– [risos] Zeus nem tentaria salvá-la. Não é engraçado esse trajeto, essa mistura? A família perfeita, modelo, em pedaços. Vícios, vontades, medos. Traições. Bomba. Arrependimento, carência. Surtos repentinos do ex-namorado. Ela batalhando laudas no escritório. Raiva sem raiva, ressentimento, sexo. Melancolia. Grite! que eu sou a sua puta.

– Engraçado?

──────── Puta-rameira barata?

— Eu estava brincando, boneca.

— Não gosto quando você me chama assim. Boneca. Por acaso eu sou alguma boneca inflável?

— Desculpe.

— Se fosse um estimulante.

— Chamá-la Boneca?

— Se Boneca o excitasse. Mas. Por sinal, você não tem fetiches, não? Tem apenas malícia, [risos] a pirâmide ma-lí-cia.

— Fetiches?

— É. Nenhuma fantasia?

— Enfermeira, freira.

— Fantasia. Por exemplo: utilizar um abridor de latas. Ou a pequena mesa de vidro em que eu subo e.

— Talvez.

— Talvez?

— Já ouviu falar sobre *Telephone dance*?

— Não?

— Venha mais perto.

— Assim?

— Mais ainda.

— Aqui?

— Sente-se. Venha, é o frio.

— [risos] O frio?

──────── Ela ficou ofendida. Puta, sim; boneca, não. Puta, sim; puta-rameira, não. Puta, sim; puta-rameira-vulgívaga-pécora-meretriz, não.

— [risos] Acontece. E a nova dança?

— Nada muito pornográfico, na verdade.

— Mas o que é Pornografia? Será que essa intensa ligação, inclusive afetiva, entre duas pessoas pode ser Pornografia?

– Certo. Nada muito inconvencional, na verdade.
– Isso.
– Apago a definição *Pornográfico*? Foi interessante o exercício Auscultar o corpo alheio. Mergulhei os indicadores de Thaís em minhas orelhas; meus indicadores em suas orelhas. Ela sentada em meu colo.
– Desescandalizada.
– Lenta. Uma valsa. [risos] Uma valsa nada convencional.
– [risos] *Telephone waltz*.
– Ela tampou, depois, minha audição com os mamilos e, Philip, a experiência tornou-se ainda melhor. Duas pessoas ligadas intensamente. *Jikan*. Às afobadas batidas do coração, aos pulmões enfunando ofegantes.
– Sentidos aguçados.
– Ela domina a situação, esperta, mas parecia enfeitiçada, ávida, a genitália sôfrega.
– Só a de Thaís?
– No plural. As genitálias. Mas poderia ser ainda melhor.
– Como?
– Se fosse com alguém que eu amasse.

——————— Cansou?
– A próxima definição do verbete Cansaço no dicionário poderia ser ilustrada com uma foto minha.
– [risos] Ou minha! Fiquei rouca.
– O frio.
– Em pleno verão. Consegue entender?
– Não.
– Quem diria. Quem diria: o Natal juntos.
– É.

— Vamos decorar o apartamento? [risos] Última hora. Como está a agência?

— Ah.

— O escritório também. Fico imaginando um enfeite natalino por lauda. Só assim. Traga meias!

— Meias?

— No dia vinte e quatro. Para colocarmos nas janelas. Papai Noel pode vir, trenó, renas, ho, ho, ho, e não tenho chaminé.

——— Ela está animada.

— Pena que é péssima cozinheira.

— E os planos?

— Você não vai acreditar.

— Eu acredito, sim: deformidade profissional.

— A carruagem quase lá. *Esser, tesha, shmone, sheva, shesh, hamesh, arba, shalosh, shtayim*. E sua Olivetti portátil? Há um tema?

— Terminei alguns capítulos. Quer ler?

— Sim.

— Aqui.

— Obrigado. Certo. Bom. Certo. Certo. Certo. O que vem depois?

— O que vem depois não vem ao caso.

— Entendo. É um começo, Philip.

— Um começo.

— Diferenciado.

— Gostou?

— Claro. Bastante. Material de primeira, Phil. Parabéns.

— Vou comprar nozes, peru, pernil.

— Não vou comer o pernil. Tudo bem?

— Jura? Então eu não compro. Nozes, peru. Rabanada? Segunda chance para meus dotes culinários. Tenho vinho na adega.

— Eu trago. Meias e vinho.

— Tenho vinho.

— Eu trago um Mogen David.

— Mogen David?

— Você vai gostar. É doce.

— Os enfeites, guardei na área de serviço. Árvore desencaixotada. Mas enfrentar as filas do supermercado.

— Estafante.

— Pelo menos fui liberada. Amanhã eu não trabalho.

— Amanhã serão as filas.

— E a agência?

— Trabalho até meio-dia. Campanhas de última hora.

— Meu publicitário dedicado!, perfeccionista! Mas, Felipe, amor, pernil é mais saboroso do que peru.

— Pernil é porco, linda.

— E?

— Não estou mais comendo o porco.

— Não? Tender? Leitão? Presunto? Não?

— Nada.

— [risos] E por que você come o peru?

— Ele é praticamente uma galinha.

— E?

— A Torá, meu livro imenso, lista os pássaros proibidos. Águia, abutre, pelicano. Peru não consta. Claro, a ave não era conhecida naquela época. No entanto, ele é praticamente uma galinha e galinha é alimento *kosher*.

— O quê?

—— O quê? O que está acontecendo?
 – É agora, Philip, *achat*, a coisa crua, a coisa por ela mesma:

—— Feliz Natal, amor! A árvore ficou tão piscante. Obrigada. Gostou da ceia? Caprichei? Estou conformada que.
 – Estava uma delícia.
 – Gostou da sobremesa? Vire a cabeça de um lado para o outro, [risos] ficam as luzinhas, ficam. *Jingle bells, jingle bells*. [risos] Acho que bebemos o Davi demais, não? Mogen David.
 – Bebemos. Lembra da conversa?
 – [risos] A loucura?
 – Não é, querida, loucura. Está na hora.
 – Meia-noite.
 – Ninguém solta fogos no natal? Vamos; pegue o Gomco, a faca.
 – Felipe, você está muito bêbado.
 – Vamos; ali, ao pé da árvore.
 – [risos] O pé: raiz da árvore de plástico. Não sem antes a dose.
 – Taça.
 – Mais uma garrafa?
 – Thaís, chega de enrolar, pegue o bisturi.
 – Não posso! Não me olhe assim. Eu amo você. Amo. Se é o presente que me pediu. Vamos, então. Então eu pego o Gomco, o bisturi. É *imprescindível* o bisturi?
 – Querida, já expliquei: você cortará a pele. Não se assuste.
 – O Gomco, então. Qual deles? Número quinhentos e quatro, número quinhentos e cinco. É um dispositivo de tortura?

– Comprei dois porque não sabia qual tamanho, não sei; Thaís, você precisa testar.

– Este? Não. Será este aqui. Estico a pele para baixo. Deus! Coloco o sino sobre a glande. Parece um sino mesmo. Dói?

– E puxa o prepúcio. Isso. Você aprendeu direitinho.

– Puxo o prepúcio sobre o sino. Sem muita força. Agora, então, apertar a braçadeira. Acho que apertei um bom tanto. Confia em mim? A pele está relaxada, flexível? Felipe? Tudo certo aí em cima?

– Confio em você.

– Depois do corte, vou deixar esse dispositivo de tortura montado por cinco minutos. Para coagular bem. Quando retirá-lo, passo o antisséptico. E faço um curativo.

– Como será o curativo?

– Não confia em mim? O que você?

– Mordendo sua calcinha.

– É hora, Felipe? [risos] Essa não é comestível! Hora para isso? Para falar fanho, nasalado? Vire a cabeça, as luzinhas. Mais uma dose? Taça. Garrafa?

– É para a dor. Deve doer. Não é todo dia que corto, corto, não é todo dia que corto a ponta do pau! E é muito aflitivo ter essa campana, sino, entre a cabeça e a pele do pau. Mais aflitivo ainda ter essa coisa, braçadeira, apertando o pau! Vamos.

– Só mais um gole. Pronto?

– Sim.

– Feche os olhos. Como você está?

– Como se uma calcinha quisesse me sufocar. Vamos, Doutora.

– Feche os olhos. Bisturi.

– Oooooooooooooooooooooooooooooooooooooooooooooooooooooooooooooy!!!

———— O que você espera que eu diga?

– Violento. Original. Parabéns.

– Parabéns?

– Recomeçar. Recomeçar é a palavra. Agora, talvez a gente, a gente possa começar. Sim?

– [risos] Você é doente. Além do mais, não sou seu psicanalista.

– Não? Como? Não?! Sucumbir. São. Su-cum-bir. No-otebo. Sou-o-es-co-or-pi-ão. [risos] Minha vez de pingar o *oy* em *goy*. Não. Pingar. Digo. Colocar.

– Escorpião? Volte amanhã, Felipe.

– Volto. *Sabbath Shalom*! É sábado, ainda. Onde a por? Digo Onde a porta? Para ir.

– Aqui. Volte amanhã, Felipe. Sóbrio.

———— Doeu? Estou com peso na consciência por ontem. Que heresia. Tenho que me confessar na igreja.

– Precisava ser feito.

– Mas por quê? Era véspera de Natal. Por que a circuncisão?

– Talvez seja a única forma para descircuncidar a alma.

– Por quê?

– Saudade. Esqueça isso.

– Por que o desejo de tornar-se judeu?

– Não me tornei judeu assim. Su-cum-bir. Um eterno marrano?

– Marrano? Doeu? Dói?

– É exótico. Estou amortecido. Anestésico Mogen David.

– Entrei em pânico: você urrou; e o desmaio. Quer uma ambulância? Eu providencio. Pode infeccionar.

– Não. Não. Já falei como gosto da sua meia-calça? Dos triângulos em relevo. É. Dos triângulos.

– Você vai apagar aqui. A taça. Nunca dormiu comigo. Nem mesmo ontem.

– Precisava. Eu precisava.

– Nem mesmo ontem.

– Relevo.

– Eu amo você, mas, droga.

– Thaís, eu gosto do tempo. Eu. Quando estamos juntos.

– Então por que não ficamos *realmente* juntos?

– Só não. Um eterno marrano. Só.

– Eu crio expectativas, entende? O relacionamento é carnal, mas. E o amor, amor? Acho que o anestésico etílico também. Mas faltam expectativas. Edificar um lar. Durabilidade. Solidez. Falta *existir a expectativa* de algo mais sólido. Não estou nem falando sobre vivermos algo mais sólido de fato, apenas sobre poder existir a expectativa. Estou falando sobre falar sobre edificar um lar. Nós ainda podemos, amor, ser felizes como reis. Se tivermos um bebê, menina, será Sofia. Ou Shara. Até Shira. Droga, *estou chorando*. Ai. Desculpe. Eu sou comportada; eu poderia ter enganado você, ter fingido uma gravidez. Tudo bem se eu acender um cigarro? Felipe? Você dormiu? Você já dormiu? Felipe?

──────────── Sempre há uma primeira vez.

– Claro. Para dormir na casa de Thaís. É claro que, em algum momento, eu sucumbiria. A primeira vez que dilacero um pedaço do pau. É claro que eu sucumbiria. Sempre há uma primeira vez.

– Como você está se sentindo?

– Ressaca. Sóbrio após quarenta e oito horas. Recomeço.

– Era esse o plano? Recomeço não é a palavra.

– Reencarnação?
– Refração.
– Dói.
– Vocês transaram ontem?
– Dor de cabeça. Claro. [risos] A primeira transa judaica.
– E o judaísmo resume-se nisso? Ainda por cima, com uma *shiksa*. Como foi?
– Foi.
– E acordar em outra casa?
– Pior.
– Tomaram café da manhã juntos?
– Sim.
– E Thaís?
– Eu apaguei enquanto ela divagava sozinha.
– Indelicado.
– Mas ela esqueceu o que [risos] divagava. Menos mal.
– O que você fez com o prepuciozinho?
– [risos] Mandei para a Irlanda. Mandei para o FBI.
– [risos] A transa judaica sangrou?
– Sangrou.
– Irá quando ao médico?

——— O que está fazendo?
– Vestindo as roupas, eu.
– Já? Dorme aqui?
– Tenho uma consulta.
– São cinco para as onze.
– Megalópole, querida. É assim mesmo.
– Não, não; eu pego depois.
– Estão com sangue. Esses papéis, no lixo?
– No vaso.
– Megalópoles são assim: contorcionismos ininterruptos.

─────────────── Foi ao médico?
– Sim.
– E?
– Bebemos alguns drinques. Manhattan. É sua especialidade.
– Ele fez doutorado disso? Não era seu amigo psicanalista? Qual o nome dele?
– Tenório. Psiquiatra. Nascido e graduado na Bahia. Psicanalista. Casado com minha amiga psicanalista PhD em Campari.
– E a possível infecção? O sangramento?
– Philip. Que besteira. A hemorragia está na mente. Aqueles drinques me fizeram muito bem. Estou escrevendo, estou em plena forma. Tenório ainda me contou sobre circuncisão na Grécia Antiga. Tudo ele equipara aos gregos, uma figura. Disse Bellow?, documento soberbo?; e bradou Sófocles!, Eurípides!, Aristófanes!
– Fico pensando se você vive uma comédia ou uma tragédia.
– Tenho meu *maestro*, Philip. [risos] Tenho meu *maestro* Philip. Você já ouviu essa?: os atletas judeus que participavam dos jogos helenísticos submetiam-se a uma operação, não me pergunte como, que os fazia parecer portadores de prepúcio. Cômico, não? Para evitar zombaria.
– Mas como era essa operação?
– [risos] Não estou em plena forma?

─────────────── Outra?
– Outra!
– (...)
– Nossa, amor, você está em plena forma!

―――― Ela continua insistindo para que eu durma lá. Isso atrapalha o relacionamento. Café da manhã. Sabe o que é pior? Depois do café, ser obrigado a Querida, preciso da sua ausência, com licença, preciso ficar sozinho. Ou Bom, então é isso, vou indo para casa.

– Era sábado. Você fez isso? E o café da manhã?

– Levantei cedo, como sempre. Thaís na cama, estirada. Peguei um livro; ela só tem livros jurídicos, mas havia um *O processo* e, pasme, um *A metamorfose*. Meu primeiro grande clássico, *A metamorfose*, sabia? Folheei, folheei. Samsa e as maçãs. Enjoado. Ela percebeu que eu levantara. Perguntou Quer alguma coisa? Não, obrigado. Mesmo assim, rolou pela cama *king size*, da cama *king size*, Chinelo, chinelo, e preparou um copo de leite.

– Boazinha.

– Agradeci, ela mal fechou os olhos, um tremelique frouxo, um frêmito, e troquei o leite por Mogen David. Samsa e as antenas. M. Carone trocou inquietantes por intranquilos na tradução mais recente. Como será no original em alemão? Coloquei de lado. Fui enxaguar a boca e conferir o curativo no banheiro. No banheiro, na pia, tem dois sabonetes.

– Um é seu?

– Não. É do maníaco psicopata, o ex-namorado lunático. Ainda está lá. Aquele sabonete seco, intocado. Quando vou buscar uma água na cozinha, abro a porta divisória para a área de serviço e imagino pegadas vermelhas sobre o azulejo branco. Talvez não tenha sido *em definitivo*.

– Talvez.

– Conferi o curativo, deitei e acordamos juntos. Ela resmungou, reclamou. Fizemos sanduíches. Resmungou Feliz Natal. Não falamos sobre a circuncisão. Bom, então é isso, vou indo para casa. E tive que desdobrar a mulher mais emburrada do mundo.

— [risos] Sei.

— Eu precisava ficar sozinho. Cheguei em casa e bebi e escrevi e bebi até a hora de vir ao seu encontro.

— Aposto que ela ficou mais emburrada ainda quando você anunciou Tenho uma consulta.

— Nem tanto. E compensei na noite seguinte.

—————— Escutei uma briga, logo que você saiu; uma briga feia. Do lado, ali, no quatrocentos e um.

— É?

— Por telefone. [risos] Escutei meia briga. Eu sabia: doida, essa vizinha.

— Conheço? De vista.

— É possível. Loira, baixinha. Antes ela morava no décimo segundo.

— E a briga?

— Se você não vier agora, eu não sei o que faço. Juro que eu não sei. Vou me jogar daqui. Antes, Você *já* está saindo com outra? Fale para mim a *verdade*. Fale. Como é o nome dessa vadia?

— E?

— Ninguém apareceu. Ela não se jogou. [risos] Mas jogou várias coisas para cima. Eu sabia: doida. Arrancou as persianas, acho, pelo barulho. E saiu batendo a porta. Estou com olheiras porque fiquei acordada esperando o carro voltar.

— Voltou?

— Sim. Corri para o olho mágico. É a melhor parte: ela veio devagar, pacífica, saiu pacífica do elevador, comendo um hambúrguer. Acredita? Credo. Lembrei-me daquele vizinho, Nelson.

— Aquele alcoólico? Foi preso, não foi?

— Preso.

— O que aconteceu?

— A filha ligou para a delegacia.

— Depois.

— Ficou na cadeia por dois ou três dias, voltou para casa e fez tudo de novo.

— Mesmo?

— Ouvi dizer que viajou, foi embora. Escorraçado. Vagabundo.

— E a sua vizinha, ela mora com alguém?

— Qual? A do quatrocentos e um? Não.

— Está sozinha.

— E, pelo jeito, rejeitada. [risos] *Você já está saindo com outra*? Eu vi na televisão: os sentimentos, qual era a palavra?, antagônicos, isso, antagônicos despertados pelo final de ano. Aí mostraram aquele duplo suicídio em Buenos Aires. Pai e filha.

— Sei.

— Fico até arrepiada. Ainda bem que tenho você.

———— *Objective correlative*; é esse o ponto que não pode ser desvirtuado. Falta alguma perspicácia para Thaís. Ela nunca foi perspicaz, óbvio. Relaciona certas conexões mais explícitas, soube calar-se na questão religiosa, mas nunca teve uma perspicácia destacável.

— Nunca.

— E esconde muito no âmago.

— Thaís e qualquer ser humano.

— Que é uma coisa com um, outra coisa com outro, outra coisa diferente com um terceiro. Ela não fugiria da regra. Agora, ao que interessa: na época dos sentimentos antagônicos, será que viria à superfície apenas o rosto de *Nelson*? Mesmo com toda a falta de perspicácia. Suponhamos que emergiram pai, mãe *et cetera*, ela estaria assim, serena? Aquela ira veemente, nós podemos apreender, não é somente ira.

– Ressentimento? Melancolia?

– É mais: é mágoa cáustica.

– Entendo.

– Mágoa que resiste aos anos.

– Sim.

– Por exemplo: o sabonete seco, intocado, não existe aleatoriamente.

– *Nada* por aqui.

– É uma projeção de lar? É um desejo masoquista de abastecer a mágoa? Não responda. Você não precisa. De qualquer maneira, o sabonete ajusta-se ao *objective correlative* trabalhado.

– É uma partícula da personalidade que ela vem desenvolvendo.

– Isso. E sua última tacada Sentimentos antagônicos, vizinha quatrocentos e um, vizinho interior.

– Pode não condizer com o resto.

– Sinto que ela precisaria colocar-se para fora. Então as festas aliviadas.

—————— Escorraçado. Vagabundo. Amor, nesta época eu me lembro da minha família. Será que eles decoram a casa?, enfeitam a árvore?, será que estão mortos?

– Será?

– Estereótipo da perfeição. Miss Piranha. Mas fale de você. De quem *você* se lembra nesta época?

– Eu? Ninguém. Não tive misses na minha vida.

– Praga? É de Praga?

– Não, é claro que não. E a loira, baixinha, do quatrocentos e um?

– É dela que você se lembra? [risos] Felipe! Justo a doida! Sabe, estive pensando ela e Nelson. Muito parecidos.

– Parecidos? Não.

– Por quê?

– Por quê? Porque toda família infeliz é infeliz à sua maneira.

– Jura, Felipe? E a repetição? Você não defende a repetição? Que tudo se repete no cotidiano, nas gerações. Que o tempo se repete.

– Perspicaz.

– Vamos repetir?

– O quê?

– [risos] Não sabe?

– Não.

– Inocente. Quer que eu desenhe? [risos] Ou *assim* já está bom?

– Calma.

– [risos] Lá vem o meu filósofo.

– Você acredita que as famílias infelizes são idiossincráticas?

– De que forma eu saberia? Vivo, hoje, no grupo das felizes. Aqui. E como são as famílias felizes, Platão meu?

– Uma repetição?

———— A noite está boa.

– Para tomar chuva espessa? Para mutilação? Para quê? Fico assustado quando você entra pela porta.

– Está agradável.

– E Thaís?

– Pediu que eu fosse mais tarde. Alguma surpresa. Philip, de quem você se lembra nesta época?

– Ninguém.

– A noite está boa para dar uma olhada nas lembranças.

— E você tem alguma?

— Não sei. Confundo as lembranças com as farsas que inventei. Se não for uma farsa, eu e Ana Carolina, já falei dela?, tomamos chuva, em noite parecida com a de hoje. Andávamos pela rua descampada, perto de minha casa, quando começou o temporal: búria. Havíamos saído para um drinque. Eu disse Carol, aceita uma dose de chuva?

— E?

— Isso é ínfimo, não é? E mesmo ínfimo, tenho grande apreço por esse momento.

— E ela? Aceitou?

— Respondeu Se for com vodca. Espirituosa. Nas flechas daquela dose torrencial, buriosa, e felizes. Não havia como escaparmos daquela dose torrencial, mas estávamos felizes. Não daria uma cena razoável? Com Marina, fui feliz também; daríamos várias cenas felizes. Transcrevi algumas sucintas, pequenas, baseado no que Tchekhov ensinou: o centro de gravidade deve se concentrar em dois elementos.

— Ele e ela.

— Eu vinha transcrevendo a fim de treinar diálogos. Posso trazer para você esses pequenos esboços de felicidade.

— Quem sabe.

— Eu sei de cor, o último.

— De cor?

— *Eles olhavam a chuva, na janela. Após jantarem comida* kosher *japonesa. Uma noite parecida com a de hoje. Ela abraçava-o por trás, beijando suas costas. Por acaso, tocava G. Mahler na vitrola, Sinfonia número três em ré menor, sem intenção de arrancar lágrimas. Era a sinfonia um prenúncio? No entanto, as descobertas mais espantosas ainda não se haviam desvelado, permanecendo guardadas para o final.*

ELE

Tomei uma chuva dessas. Inesperada. No descampado.

ELA

Quando?

ELE

Faz tempo. Eu disse Lubí, aceita uma dose de chuva?

ELA

Lubí?

ELE

Um amigo. Lubiazi. Nós perdemos o ônibus. Na praia. Não tínhamos como voltar.

ELA

(*Rindo com incredulidade*) Você?

ELE

Acredita? Éramos crianças: quinze, dezesseis anos. Ficamos de farra até tarde e perdemos.

ELA

Dormiram na praia? Não imagino você dormindo na areia.

ELE

E Lubí? que hoje é um publicitário respeitado.

ELA

Quando falei Não imagino você dormindo na areia, pensei em um publicitário respeitado. (*Rindo de maneira cínica*) Você não é publicitário?

ELE
[risos] Não. E não dormimos na areia. Começou o temporal e Lubí sugeriu irmos andando.

ELA
Andando? (*Rindo gostoso*) Agora você não quer *mesmo* que eu acredite nessa história. Andando para onde?

ELE
Foi exatamente o que perguntei. Para onde? Para a pousada de um conhecido. Vinte quilômetros. Não chegava nunca.

ELA
Vinte quilômetros? Sob temporal?

ELE
Encharcado. Eu não sentia os pés. Um dos piores momentos da minha vida.

ELA
Sempre assim. Não seja tão dramático. Você vive contando alguma coisa e termina com Foi um dos piores momentos da minha vida.

ELE
É que a vida é cheia deles. Cheia de decepção. Os momentos em que ficamos aninhados, observando a chuva, são parcos.

– Eram parcos?
– Ah, Philip, você é versado. Por melhor que estivesse o nosso namoro. E terminamos logo depois, no dia seguinte. Eram parcos, sim, e estão diluindo-se na memória.

— E essa é uma cena feliz?
— Uma conversa banal, inspirada na chuva. O que mais poderia ser? A verdadeira felicidade é ter a mesma coisa o tempo todo, não é? Observar a chuva.
— Mas tocando Mahler? E o que ela respondeu?
— Sorriu. Um riso mudo, sem graça: um prenúncio.

——————— Amanhã, terceira chance para meus dotes culinários. Pernil assado? [risos] Gostou da surpresa?
— Gostei.
— Estou morta! [risos] A próxima definição de Cansada. Vamos tirar uma foto?
— Outro dia.
— Quando você fizer a barba? Brincadeira!
— Está com frio?
— Bastante. Meu apartamento face obscuro. Sorte que não chove por aqui. Acho que seria mais frio ainda.
— Verdade.
— Vamos tomar chuva? Um dia qualquer. Beijar na chuva, dançar, cantar, essas coisas de filme.
— Eu tomei uma chuva inesperada.
— Quando?
— Faz tempo. Estava com um amigo.
— Amigo? Ou amig*a*?
— Não, querida. Lubiazi. Homem branco, heterossexual, casado.
— Jura?
— Publicitário, vegetariano, magro; mais algum dado?
— É que imaginei você cantando e dançando e beijando outra mulher na chuva. Desculpe.
— Foi o contrário. Andamos trinta quilômetros.
— *Trinta quilômetros?*

– Trinta e dois.

– Sob chuva? Deus! Deve ter sido horrível; dos piores momentos da vida, não?

– Sem dúvidas.

– [risos] Vocês é que deveriam ilustrar a próxima definição de Cansados. Ou Encharcados? Ai, ai. Eu posso mudar para Revigorada. E a surpresa, quer mais?

———————— *Shanah Tovah*!

– Inteirado assim no vocabulário?

– Estudando.

– Mas hoje, trinta e um, *Shanah Tovah* nada significa.

– Sabe, aquele último esboço de felicidade; fiquei pensando em Marina. Como seria Marina hoje comigo.

– Como seria?

– Comeríamos pernil assado. Mesmo no *Sabbath*. Porque ela não é ortodoxa. Marina vestiria branco? Fiquei pensando no ano novo e, também, no ano-novo judaico. Em uma noite de ano novo judaico.

– E como seria?

– As mulheres vestem-se de branco? Talvez eu não fosse convidado para o jantar.

– Visto que o pai sionista não o aceitava.

– Talvez ela nem comentasse. Contaria depois.

– E como seria?

– O quê?

– Essa conversa.

– Um sorriso minguado, lívido. Eu não demonstraria a frustração.

– Não?

– Você é versado. Posso forjar a cena aqui?

ELA

Não vou comer muito. Ontem eu abusei.

ELE

Abusou?

ELA

É que ontem, que ontem, ontem foi *Rosh Hashanah*. Ano-novo.

ELE

Mesmo?

ELA

E jantares de famílias judaicas (*riso leve*) são comilanças.

ELE

Então estamos no dia número um?

ELA

Acho que sim. É diferente: desde a primeira estrela no céu.

ELE

E você comeu bastante?

ELA

Bastante. Mas temos o *Yom Kippur* agora. Sabe o que é o *Yom Kippur*?

ELE

Não.

ELA

Nunca ouviu falar?

— Você nunca ouviu falar de *Yom Kippur*?
— Já. Eu diria Não e Nunca para ouvir dela.
Esperança de ouvir da fonte e registrar sua teoria.

ELE
Nunca.

ELA
É uma semana de purificação. Na semana que vem. Nós refletimos e pedimos desculpas e assumimos alguns erros.

ELE
[risos] Só alguns?

ELA
(*Rindo negativamente*) E passamos vinte e quatro horas em jejum.

ELE
Vinte e quatro horas?

ELA
Sem água. E sem banho.

ELE
Nada aquático?

ELA
Nada.

ELE
[risos] Nem escovar os dentes?

ELA
Nem isso. Mas eu bebo água, tomo banho e escovo os dentes.

— Ainda bem.
— Um dia inteiro para fingir o arrependimento!

– [risos] Você, após o confessionário, fingiu por apenas cinco ou seis minutos.

– [risos] E já foi demais. É, Philip, seria assim. Plausível, caso namoro e *Rosh Hashanah* coincidissem.

– Valeria a pena?

– Estou satisfeito com nosso café, nossa mesa: nosso próprio espaço e tempo. Temos nosso Feliz ano-novo, não importa a língua.

– Fogos?

– Prematuros. Devo apressar-me. Prometi. Apartamento. Ela. Thaís.

– Não escutei. A chuva.

– Até amanhã.

– *Shanah Tovah*.

———— Feliz ano-novo! Estamos no dia número um!

– Estamos.

– Muito amor, paz, saúde.

– Para você também, linda.

– Vamos animar!

– Vamos.

– Pular sete ondas? Imaginárias!

– Thaís?

– [risos] Eu queria tanto você hoje comigo. Tanto, tanto. Esta noite será inesquecível.

– Tomara.

– Esforço-me para ser uma boa companheira. Amor, desculpe qualquer coisa. Desculpe se já irritei você, se já fiz interrogatórios demais, se falo Amig*a* ou falei Aceite meu convite para ir à missa ou Aceite Jesus no coração como salvador pessoal.

– Thaís.

– E desculpe o cigarro. O cheiro de cigarro nos

cabelos. Você largou o porco, eu larguei o porco
também. Mas desculpe; desculpe se não consigo
largar o cigarro e desculpe se não consigo ser uma
boa companheira.

— Thaís, você.

— Feliz ano-novo, feliz ano-novo. Prometo que um
dia Última tragada. Última da vida. Eu não quero
parar morrendo feito os Homens da Marlboro. Depois,
[risos] posso fumar um cigarrinho na janela? Um só,
depois. Vamos dançar?

— A dança imaginária?

— [risos] Não! A dança número um do ano.

— Eu não sei conduzir, lembra?

— Sabe, sim. Aquela, maliciosa, do telefone.

———————— Viu os fogos?

— Não.

— Que pena.

— E a sua noite, como foi?

— No futuro, quando eu der uma olhada nas
lembranças, encontrarei *flashes* e *frames* de ontem.
Picotados. Etílicos. Luxuriosos. [risos] Mesmo assim,
levantei cedo, como sempre, para ler, ler, ler.

— Dormiu em casa.

— Dormi.

— Estudando? L. Tolstói ou a Torá?

— A tira inclinada no batente.

— Olha só.

— Não seja irônico, Philip. *Mezuzah*. É um
pergaminho!

— Pois é. Um pergaminho.

— Com passagens da Torá! Estou certo?

— Certo.

— Eu nunca havia parado para pensar na tira.

Lado direito, mais ou menos altura do ombro, mais ou menos sete palmos. Regras e regras. Em Israel, o novo proprietário precisa afixá-la imediatamente. E todos, em toda parte, devem beijar as *mezuzot* do caminho.

– Que empolgação. Marina beijava as dela?
– Não sei. Talvez beije escondido.
– Muito provável.
– Comigo, [risos] beijava uma tira mais roliça. Enfim, eu vou pregar uma dessas ali no umbral. Com a parte superior voltada para dentro do ambiente, aprendi certinho?
– Para quê?
– Parece que simboliza a entrada de D'us e da Torá no aposento; é isso, não?
– Parece que sim.
– Viu só? Estou estudando. E o candelabro com *sete* castiçais? *Menorah*. Pomposo. Mais do que artefatos católicos. O apartamento de Thaís, você precisa ver.
– Não.
– Tem uma folha de palmeira curvada em forma de cruz; a Vela Eterna; o retrato de Jesus, de perfil.
– Eu já sei.
– Um escritor não se pode repetir, mas você sabe como é: estou empolgado.

─── Qual foi a maior maluquice que você já fez?
– Maluquice? Andar trinta e dois quilômetros na chuva.
– Não é isso.
– Não?
– Sexualmente falando.

– Maluquice, maluquice.
– Já participou de orgias?
– Orgias? Você já participou?
– Nunca, mas.
– Mas? Outras mulheres?
– Não!, não. Eu gostaria de vários Felipes.
– Vários?
– [risos] Dezenas.
– Muitas barbas, então?
– [risos] Alguns barbeados, ao menos alguns!
– Muitas cócegas, de qualquer forma.
– Sem cócegas!
– Vou avisá-los para amanhã Não façam cócegas.
– [risos] Agora estou aliviada.
– Espere. Comunicação interna. Burburinhos no comitê.
– Besta.
– Eles disseram que não.
– Como?
– Não respeitarão o Sem cócegas!
– Felipe!

———————— [risos] Qual foi a sua maior maluquice?
– [risos] Sexualmente falando? Ocultei dos livros. E a sua? Além, é claro, da circuncisão *hors-concours*.
– Prefiro ocultá-la também.
– Mas continua empolgado.
– Muito.
– Empolgado com a barba. O que pretende? Varrer o chão?
– Parece que existem várias interpretações judaicas sobre a barba.
– Existem.

— Pode cortar, não pode; não pode raspar com navalha. Por enquanto, ela fica *au naturel*.

— E os cachos?

— Vão descer também. Será que eu posso cortar o resto?

— [risos] Pode.

— Você tem uma tesoura?

— Não, Felipe.

— Seria resolvido já.

— E nunca mais jogar os cabelos para trás.

— [risos] Começarei a jogar os cachos para trás das orelhas. Ficaremos parecidos.

— Parecidos? Com cachos? Com cachos atrás das orelhas?

— Quando eu cortar o cabelo. Veja minhas entradas.

— Nada parecidos.

— As sobrancelhas grossas? Não? Nossos narizes? Preciso ir. O domingo será expansível.

— E esses embrulhos?

— São espelhos empacotados.

— Para Thaís?

— Sim.

— Para quê?

────── Gostou da surpresa? Minha vez.

— Adorei! Dezenas de Felipes, dezenas de nós. O chapéu, um pouco esquisito. Mas tudo bem. Estou morta.

— Ligue para o Guinness: maior orgia de duas pessoas.

— [risos] Quebramos aquele recorde, finalmente. Lugar mais estranho.

— Sala de espelhos?

– E foi no apartamento mesmo, quem diria. Ah! Você, vocês esqueceram as cócegas.

– Fizemos uma reunião e decidimos respeitar o Sem cócegas!

– Amor, o céu!

– Veja, Ursa Maior.

– Ali?

– Sim. Cabeça, focinho.

– Nossa! Eu nunca tinha visto essa constelação. Costumava olhar para elas, horas e horas, na infância. Deitava na grama; refrescante, a grama orvalhada. Será que alguém nos espiou hoje? Com essa multidão de estrelas no céu?

– Ninguém.

– Sabe o que eu penso das cortinas abertas?

– Pálpebras?

– No começo, achava que deveríamos fechar. Besteira. É estimulante. Imagino as suas meninas do passado. Uma por janela daquele baita prédio. Bruna, Fabíola, Bianca, Paola. As mulheres que não me deixam dormir.

– Ainda?

– É o maior estimulante possível. Quero mostrar quem faz melhor.

– Você faz, querida.

– Eu sei. E ainda não desfilei a artilharia completa.

– Interessante.

– Hoje elas terão nova exibição.

– Outra?

– Outra. Completa. Quero que espiem dezenas de mim. Que elas vejam, com inveja, quem faz melhor.

───────── Eu cobri a folha de palmeira, a vela, o retrato. Via-se apenas a cama *king size* no centro do quarto.

– E Thaís?

– Vendada enquanto a organização.

– [risos] Pensou em tudo.

– Escolhi deixar a janela descoberta.

– E estrelas.

– Para a noite ficar mais romântica.

– O chapéu na cabeça.

– E Mogen David, é claro. Suave, doce, como ela gosta. Pensei em tudo.

– Inclusive no fraco psicológico da amante.

– Ela é perturbada. Mágoa cáustica.

– Medo de ser inferior. Faz parte de sua personalidade.

– Foi uma tacada condizente, acredito.

– E os amores reais do passado, Felipe, deixam você dormir?

– Não. O romance.

– Desgasta.

– Nem fale. Tomar as decisões. Limitações. Erros.

– Então insônia.

– E resolvo com Stilnox e Stilnox e meio Stilnox. Para não reler e reler e reler estes diálogos a madrugada inteira. Terminei alguns. Mas prefiro que você leia somente quando o livro estiver pronto. É o motor do acabamento.

– [risos] Sei. Falando em acabamento, antes que eu me esqueça, aqui, uma tesoura.

– Como foi que você?

– *Uma tesoura, por favor!* Até que me tratam bem neste café.

– [risos] Espero que sim.

– Iscas de camarão?

– Serei obrigado a recusar. É o motor. Mas e você?, anda escrevendo? Aquele começo. Diferenciado. Material de primeira. Como vai?

– Minha Olivetti portátil, ela. Felipe. Felipe? Felipe?

– Eu preciso tirar o chapéu.

— O quê?
— Para cortar o cabelo.
— Precisa.
— E o *kippah*, eu posso tirar o *kippah*?
— *Você está usando um* kippah *sob o chapéu?*

— Inovação, o cabelo curto.
— É permitido.
— Na agência? [risos] Eu gostaria de poder advogar à vontade. Raspar a cabeça.
— Você? De cabeça raspada?
— [risos] Quem dera, liberdade. Se você não fosse publicitário, o que gostaria de ser?
— Um judeu.
— [risos] Quase lá. Agora o cabelo arrojado, barba, chapéu. Esse chapéu, você tem dormido com ele?
— Sim.
— Mas poderia tirar enquanto nós, enquanto; de novo! Não esquenta? Às vezes você parece um rabino.
— Um rabino sem roupas?
— [risos] Só de chapéu. Muito esquisito.
— E eu não tinha ideia de que essa aparência rabínica seria o resultado. Mas não, não pareço um rabino; um aluno do *yeshivah*, no máximo.
— Como?
— É a escola onde os jovens completam o ensino religioso.
— Você mudou, Felipe.
— Foi a refração. Tenho, ali no bolso da calça, uma tesoura. Se você.
— [risos] Eu não quero raspar a cabeça. Era sentido figurado. Liberdade para fazer o que bem entender. Calma. Você tem uma tesoura no bolso da calça? Onde você cortou o cabelo?

— Na rua, caminhando, vindo para o seu apartamento.

— Cabelo arrojado, barba; vai estudar hebraico?
— Marina leciona hebraico, sabia?
— Sim, Morá Bejte. Onde?
— No Clube Israelita. Será que a professora ficará nervosa quando descobrir sua vida escrita, exposta, destrinchada, esmiuçada, alterada, publicada?
— Você já contou a ela sobre o livro.
— Disse apenas que se tratava de judaísmo.
— E não é disso que se trata? O que você fará se ela pedir sigilo?, e se ela revidar? Sua Bergman também escreve.
— [risos] Escreve?
— Ela ainda pode contar com amigos ou *ghostwriters*. Então futuras publicações indesejáveis.
— Qual título ela escolheria? Ela ou seus amigos *ghostwriters*. Não seria um título simpático. Aposto que Relacionei-me com um mentiroso.
— Ela pode exagerar. Não há limites na ficção.
— Casei com um mentiroso.
— Pode exagerar mais.
— Entregando meu cotidiano.
— Sua paranoia com a escrita. Ela presenciou parte dela, não?
— Presenciou. Minha obsessão paranoica. E não é exagero, é trabalho. Pode tornar-se vítima, ao dizer que me aproximei devido às suas origens e família judaica. Para investigar.
— Ou inverter, queixando-se Felipe nada se importava com a família judaica.
— Menosprezava a família Bergman. Que a apaixonada era ela.

– Você era apenas o impositivo, com raras intervenções amorosas.

– E que o mínimo ruído atrapalha, gera brigas. A vítima só ligou a vitrola.

– Só! Vinis de Israel. Não entende o quanto dependemos da concentração.

– Então pode lamentar-se que fui o culpado na separação. Tantas mentiras, além da loucura. E, aos poucos, alfinetando adjetivos entre barras.

– Manipulador, barra, maquiavélico.

– Abre aspas, tentei fazer o impossível para segurá-lo.

– E o golpe baixo, publicará trechos de seu diário pessoal *comprovando* inúmeras tentativas.

– Quase enlouqueci *também*. Com ênfase no também.

– Ah, ela ficará, sim, nervosa.

– Até concluir que.

– Era mulher.

– Que eu tinha outra mulher.

– Thaís.

——————— Como foi? Quero ser quem faz melhor. Quero ser a única mulher importante para você.

– Não se preocupe, boneca.

– Boneca? Inflável?

– Desculpe.

– Eu já.

– E eu já pedi desculpas.

– É que dá nos nervos quando você fala Boneca. É uma chatice. *Boneca*.

– Sabe qual *troço* é uma *chatice*? O seu sotaque.

– Amor.

– Sabe o que é pior, ainda pior, do que o seu sotaque? Sabe o que realmente *dá nos nervos*?

– Amor.

– Quando você fala *baita*, *besta*, *cara*.

– Desculpe, amor.

– *Troço* e *chatice*.

– Não queria deixar você nervoso. Desculpe, desculpe. Eu quero ser a sua boneca. Mesmo se, mesmo se boneca inflável.

– Thaís.

– Amor, às vezes nós brigamos, atritos bobos, [risos] bestas, mas acho que eu consegui.

– O quê?

– A verdadeira felicidade: a mesma coisa o tempo todo. São os anjos conspirando a favor.

– Você acredita em anjos?

– Acredito.

– Já ouviu falar de *Angelus novus*? Paul Klee.

– Quem?

– Um anjo que, pelo que tudo indica, está a ponto de se afastar de algo em que mantém crivado um olhar rígido.

– Como?

– De olhos esbugalhados, boquiaberto, com as asas distendidas em um leque.

– Nunca.

– O semblante voltado para o passado.

―――――― Comentei, anteontem, sobre alguns diálogos terminados.

– Sim.

– Ilusão. Refiz tudo. Refiz toda a Marina.

– Isso é importante.

– Reescrevi os diálogos *terminados* pela centésima vez.

– Motivos especiais?

— Disfarçar Marina um pouco mais. E precisarei reescrevê-los pela centésima primeira vez. Há, no trecho do namoro, um defeito agudo.

— Vamos lá.

— Não é um trecho livre de emoções. Não as emoções que a narrativa transmite, mas emoções sobre as quais o texto foi escrito. Eu estava apaixonado; e não esperei um segundo para fazer da paixão palavras.

— Seria um defeito.

— Refiz aqueles diálogos pela centésima vez, disfarçando Marina, e agora precisarei refazê-los para disfarçar as *minhas* emoções.

— Seria um defeito, seria, caso aquele trecho representasse alguém apaixonado.

— E *o que* ele representa, se não é alguém apaixonado?

— Um escritor, autor daquele trecho, apaixonado. Há defeitos, e você deve arrumá-los, mas são menores.

— Por exemplo.

— *Guardou o sábado nestes braços meus.*

— Risco?

— Isso não é comigo. Mas eu iluminaria o espalhafatoso.

— Debilitar o texto?

— E aproveite para Ninguém fala assim; entende?

— Mais alguma sugestão?

— Debilitar o começo do livro. Caminhar no escuro de sentença para sentença. Felipe está *aprendendo* a escrever um romance.

— Mais alguma sugestão?

— No trecho do namoro, o trecho *Marina*, faça, de vez em quando, com que Felipe, autor-personagem, tenha lapsos de sua consciência profissional. Ele chega a esquecer que *não* está vivendo a coisa real, por ela mesma.

– Boa ideia. Pelo envolvimento.

– Pelo envolvimento.

– Anotado. Pode ser progressivo. Boa ideia. Mais?

– Eu cortaria o filho de Thaís. Ele ocupa um âmbito desnecessário ao longo da trama. O menino de quatro anos perguntando *Quem?* a cada página está sobrando.

– Eu gosto de quando ele queria tirar a minha febre.

– Corte a febre também.

– Complexo. Muda toda a estrutura familiar, todo o *background* de Thaís.

– Então descruze as pernas. Há trabalho a fazer. Você não quer melhorar o seu livro?

– E esta conversa teria sido um lapso inverso?

– [risos] É. Fingiremos que ela não aconteceu.

– [risos] Certo. Lá vamos nós: centésima primeira minuta.

——— Se você não fosse judeu, o que gostaria de ser?

– Um seio.

– Um seio?

– O seu.

– [risos] Gosta tanto dele assim? Qual deles?

– O esquerdo. O esquerdo lembra Moby Dick. Um cachalote.

– Feli, não!; Ishmael! [risos] Doutor, examinando meu cachalote esquerdo?

– A conta da Valisère. Recebi um *brief* Com bojo.

– Mas estou *sem* o produto.

– Recebi um *brief* Com bojo, Transparente, Compre, é bonito.

– [risos] Então está decorando.

– Consistência esponjosa.

– [risos] Esponjosa?

– Macia, elástica. Formato irregular. Formato irregular terminando em bico. Mamilo. Este com formato cilíndrico, sobressaindo algo entre um e dois centímetros para fora do corpo.

– [risos] Fora do corpo? Não me pertence?

– Não terminei o mamilo: apresenta um orifício no topo. Rosa escuro. Característico em morenas.

– Conhecimento de causa, Doutor? Estudos qualitativos? Pesquisas participativas?

– Não disperse. É contornado pela aréola. Quatro, cinco, sete, nove, dez-onze, treze. Dezessete aberturas. Aberturas?

– Minúsculas!

– Acredito que glândulas.

– Acredita? Seu diploma foi comprado, por acaso? Socorro! Estou sendo examinada por um embusteiro!

– Decorada. E por um publicitário. E não disperse. Glândulas que exprimem libertinagens em braille mamário. Ao redor da aréola, dois pelos avermelhados, eremitas. Avermelhados? Característica insólita. Voltemos ao corpo inicial. Tamanho: contorna-se por minhas mãos. A partir da base.

– [risos] Detalhe importante.

– Peso: difícil, essa. Balança?

– Voltemos ao braille glandular. Não entendo a linguagem.

– Eu, tampouco.

– Você deveria testar a *sua*.

– Língua? Esta?

– Isso. *Isso*. O que ele diz?

– Mamilo petrificando. Saliência.

– Úmido! A saliva.

– Mudou. Saliência mais saliente. Mais saliente. Mais saliente.

—————— Cuidado com desejos fantásticos; você pode ter sorte.
— [risos] Difícil.
— [risos] Mas eles *podem* acontecer.
— Ontem, o *brainstorm* foi profícuo. Frutífero.
— Sei.
— Saí de lá às cinco da manhã. Vi um bar aberto. Entrei. Noventa e Dois Graus. Cartazes, pôsteres cinematográficos. Você assiste a muitos filmes?
— Não.
— Pedi uma cerveja.
— Qual?
— Cinco da manhã, Philip. Havia um retrato de Penélope Cruz, maravilhosa, de perfil, na parede. Mas a questão, qual era mesmo a questão?, Penélope Cruz, Penélope, Noventa e Dois, a questão é que o bar vazio.
— Cinco da manhã.
— Exceto pelo dono e por um único sujeito. Escutei Barbudo, ei, você, e quase cheguei a materializar a voz de Feste, mas Ei, você, *judeu*! Virei-me. Ele, completamente embriagado, Você acredita no Monte Sinai? Como é esse negócio de ser judeu? Você acredita em satanás? Acredita? O satanás incorpora pelo pênis? É por isso que vocês decapitam aquela pelezinha fora?
— [risos] Acreditar no Monte Sinai?
— O sujeito não buscava respostas, claro, porque eu não respondia nenhuma pergunta; era petulância. E Sabe no que *eu* acredito? Em Zeus. Acredito é no Monte Olimpo.
— Era petulância.
— Zeus mandaria Abraão matar o filho? Zeus mataria o filho! E, caso mandasse, ele, Zele, impediria o sacrifício no ápice do show?
— [risos] No ápice do show?

– Bradando as mãos para cima, assim, e Zzzzele estaria na libido com Sarah; e o corno Isaac, um rodapé. Eu Esse bêbado é instruído, quando Vocês, hebreus, recorreram a outro Abraão, B. Yehoshua, para consertar a mácula do judaísmo; consumando o *Akedah* em época e condições psicológicas críveis.

– Todo o vocabulário?

– [risos] Não somente o vocabulário, mas o *Akedah*, sacrifício de Isaac, e Yehoshua. Ele esbanjava erudição na petulância. Quem acredita em Zeus não tem vergonha do que Zeus faz, não precisa consumar punições milênios depois: quem acredita em Zeus, a fera, cabisbaixa-se e pronto.

– Cabisbaixa-se? Bradando as mãos para cima?

– E não parava, Philip: o esperma de Adão, minha Bíblia Velho Testamento, a inútil marca na testa de Caim. Zeus e Zeus e Zele, cansei daquele papo, antissemita?, e paguei a cerveja Cinco da manhã.

– Noventa e Dois Graus? O papo existiu de fato?

– Calma. A questão não é esse papo todo: Penélope Cruz, satanás, Monte Olimpo, Zeus, Yehoshua.

– Não?

– A questão é que fui chamado Judeu por Thaís, chamado Judeu por um bêbado de bar.

——————— Amor, você nunca sonha? Nunca?

– Não.

– Fui dormir às cinco da manhã. Cansada. Eu deito e durmo. E sonho. Mas esqueço assim que acordo. Ontem, não. O sonho parece um testemunho. E eu, simultânea, em primeira e terceira pessoa.

– Mesmo?

— Estávamos na *sua* casa, como eu sempre a imagino: organização, móveis, cores. Um altar com o livro daquele Bernard Russel, um santuário com a Torá; pentagramas cintilantes e Estrelas de Davi. Roupas pretas no chão, cuecas pretas, chapéus. Eu beijava sua boca, beijava, beijava, até que abri os olhos e ela havia se transformado na boca do meu pai. A barba, sumido. Tinha o gosto gosmento do meu primeiro beijo. Eu disse Pai?, o que está acontecendo? E você, rindo sarcástico, Amor, nada está acontecendo. Com a voz dele.

— A voz também?

— Tornozelos amarrados, era a corda que já usamos aqui. Eu disse Devolva a minha *lingerie*. Amarrada ao pé da cama; no carpete, grama orvalhada. Eu chorava, implorava, mas seu rosto agora com boca, olhos e sobrancelhas do meu pai. Sobrancelhas finas. A agressividade revolveu meu corpo, embrenhado no carpete, de bruços. E o cheiro do carpete, o cheiro do meu pai. Com milhares de dentes, ele Agora sim, agora a minha filha *de verdade*, agora a minha filha *valendo*.

— E?

— Cerrei os olhos. Na escuridão, sentia as mãos que me trituravam, o suor e.

— Um estupro.

— Um estupro.

— Que noite.

— Foi só uma noite agitada.

— O sonho não atrapalhou sua artilharia.

— [risos] Gostou?

— É claro.

— Faltou a corda. Está no armário dos sapatos. Eu pego daqui a pouco.

— Você acordou e foi olhar para ela.

— Como é que você sabe?

– É humano. Olhou quantas vezes?
– Várias. Tenho medo de precisar fazer isso todo dia. No sonho, durante os piores momentos eu pensava Nele.
– Nele?
– Deus. Deus Todo-Poderoso, Ele jamais permitiria que acontecesse de verdade, valendo. Jamais. Acordei pensando Nele.

───────── Faltava algum sonho.
– Ela sempre foi sonhadora. Não chega a ser um sonho de Tereza, mas eu me esforcei ao máximo.
– E até em sonhos, Thaís é beata: ah, Deus Todo-Poderoso Jamais Tolerante a Incestos Verdadeiros.
– Gostaria de sonhar com D'us também.
Nada sexual.
– Mas Tenório, seu amigo baiano, médico, psiquiatra, psicanalista, freudiano, confiável, decretaria um viés sexual nos sonhos divinos.
– [risos] Sem dúvidas. Você conhece a Bahia?
– Não. [risos] Sei que é onde existe uma igreja e um puteiro para cada dia do ano.
– E também um psicanalista para cada dia do ano. Mas não tenho certeza se as mães de santo analisam sonhos. Baianos têm uma ligação forte com o mar.
– Sonhei que estava parado em um píer.
– Quando?
– O píer, no porto de Newark. Havia um barco de tamanho médio, uma velha belonave americana. E eu esqueci o resto.
– Você esqueceu.
– É. Faz vinte anos.
– Já percebeu que nunca sabemos quando será a última vez em que nos lembraremos de algo? Essa

percepção pode fazer com que aproveitemos mais as lembranças. Onde foi que li algo parecido com isso? Singer? Nooteboom? Até minha memória para livros enfraqueceu. Às vezes me canso desse trabalho diário de emaranhar as lembranças e esfacelar as lembranças, arruinar as lembranças, mas alguma coisa inexplicável me faz sentar todos os dias neste mesmo lugar.

– Neste mesmo café.

– Minha escrivaninha, e continuar a escrever e reescrever. Nu, mas camuflado. Jamais teremos o romancista completamente nu.

– Se uma Olivetti pudesse falar.

– Você gostaria de sonhar com D'us também? No píer do porto de Salvador. E, depois, as mães de santo.

– Está escurecendo.

– É. *Sabbath Shalom*. Falta mais alguma coisa? Mais alguma sugestão?

──── Você não fala muito sobre a sua família.

– Olhe para mim.

– Estou olhando.

– É a minha família. Olho no espelho de manhã e vejo a minha família inteira me olhando de volta.

– São parecidos.

– Não foi exatamente isso o que eu quis dizer.

– Como é o seu pai? Tudo o que sei é: fumante; não, ex-fumante.

– O artista? Prefiro não entrar nesse assunto. Isso é assunto para uma história à parte, um livro à parte.

– Como seremos na velhice, Felipe? Em dois mil e longe. Decrépitos? Tenho medo de virarmos fantasmas. Boba. Não existem fantasmas.

– Errado, querida. Só existem fantasmas. *Spooks*.

– Isso é um tanto amargo! [risos] Passei um café, quer? Passei antes de você chegar.

– Sem açúcar, obrigado.

– Pego assim que a minha preguiça deixar. [risos] Está frio lá fora.

– Lá?

– [risos] Fora do cobertor. Frio e cheio de fantasmas. *Spooks*? Não conheço essa palavra, o que significa?

– Espectros. E aquele sonho, nada?

– Graças a Deus.

– Que bom.

– Felipe! Reis!

– Como?

– A árvore! Não desmontamos. Era ontem, Reis!

– Passou. Desculpe. Foi culpa minha.

– Sua? Ah, preguiça. Vou lá. [risos] Lá fora. Aproveito e busco o seu café. Não, não; fique deitado, amor.

– Não estou decrépito ainda.

– Não? [risos] Jura? Você desmonta sozinho? Brincadeira. Também não estou velha. Espero! O que você pensa da velhice? Dois mil e longe.

– Deve ser um massacre.

——————— Ajudando a desmontar árvores de natal? Você?

– Fiz uma escala no banheiro e fiquei. Escapei. Com a justificativa de que a idade havia me alcançado. Fantasma escondido.

– Pertinente.

– Fiquei no espelho. Pressagiando a minha barba, proibido raspar com navalha, comprida e grisalha na velhice. Espelho, pia, aquele sabonete seco. Talvez não tenha sido *em definitivo*. Aquele sabonete intocável, encarando-me. Como no dia em que fui ao *Kabbalah*

Sabbath, quando os judeus voltam-se para a entrada da sinagoga: eu não estava atento ao livreto de orações e foi como se, de súbito, a sinagoga de frente para mim. E o *kippah* no chão. Imaginei todos cantando em hebraico Saia, intruso, infiltrado, saia, intruso, infiltrado.

– O que você fez? Saiu?

– Não. Voltei-me para lá também, fingindo entender aquilo. Saí apenas quando Marina atravessou o corredor que separa homens de mulheres e puxou-me Vamos, durante a reflexão silenciosa, Entediante para você, eles ficarão uns quinze minutos assim. Então devolvi o *kippah* àquele porta-*kippot* de acrílico e passeamos pelo Clube Israelita antes do momento em que os católicos A paz de Cristo. E as senhoras perguntando se ela era minha namorada. O que me fez enaltecê-la tanto, Philip?

– Foi escrever.

– Chegando em casa, do Clube Israelita, da sinagoga, rascunhei os primeiros diálogos do trecho *Marina*. Reli os novos diálogos na cama antes de dormir e pensei Está aí uma coisa que não deveria ter sido feita. Pronto, agora você está obcecado por ela.

– Mas era possível não escrever?

– Incogitável.

– Depois começou a esboçar cenas.

– Comecei.

– E sobre a pia de Thaís.

– Incogitável também.

– Agora você imaginou o segundo, ou primeiro?, sabonete cantando em hebraico Saia, intruso, infiltrado.

– [risos] Exato.

– E o que você fez? Além disto, digo.

– Lavei minhas mãos com ele. Para mostrar quem é que mandava naquele banheiro. Lavei meu pau circuncidado com ele. Para mostrar quem é que manda por aqui.

———————— Tenho medo de virarmos fantasmas e tenho medo da sua barba na velhice. Mas não está feia, [risos] tão feia; nem faz tantas cócegas, ela ficou macia. Você está com aqueles olhos.

– Aqueles?
– Autoritários.
– Como assim?
– Assim. A cabeça, oblíqua.
– Mesmo? Nunca reparei.
– Mesmo quando estamos deitados.
– Não é intencional.
– Tudo bem. Autoritários, mas aveludados.
– É que foi sábado. Acabou agora, o sábado.
– Faltam cinco horas, Felipe.
– É diferente. Olhe para o céu; ali, ali.
– Meio apagado, não? Pálida? É o focinho da Ursa?
– Pode ser.
– Então os sábados são uma bênção.
– Dias cheios. São os dias mais cheios. Preparamos um banquete para a aldeia.
– Um banquete. Se eu fosse melhor cozinheira. Ai. Melhor. Queria falar sem o sotaque, sem os erres abafados. E sem gírias. Tenho medo de virarmos fantasmas e tenho medo da sua barba na velhice e tenho medo de que uma gíria seja minha última palavra. Antes de morrer. Baita ou besta ou cara ou troço ou chatice.

– Qual você gostaria?
– A palavra mais bonita. Um nome, apaixonada: Felipe! [risos] Seu nome. E você?
– Não gostaria que minha última palavra fosse obscena.
– [risos] Depende da situação!
– É. Morrer na cama seria uma boa.
– [risos] Eu gritando, enrolada em sua barba das cavernas, Vem, Felipe! Não. Não. A Igreja, as

consequências. Não. Eu queria, na verdade, que minha última palavra fosse a mais bonita: Jesus.

———— — Levantei-me bem cedo.
— Trabalhou muito?
— Não. Sem pó de café. Pior impossível. Da escrivaninha, rastejei-me ao armário, terno, o chapéu, tenho dormido com ele, e do armário, rastejei-me à rua Qual direção e esquerda e esquerda e uma padaria, pedi um café puro simples sem açúcar por favor; assim mesmo: evento e evento e evento em sobressaltos.
— [risos] Certo.
— E, como você já percebeu, essa não é a questão.
— Claro.
— O balconista Um cafezinho para o judeu!
— E você?
— Aproveitei a deixa para Sou novo no bairro, onde a sinagoga mais próxima?
— E o balconista?
— Havia uma sinagoga do outro lado da rua, mas agora é uma Igreja Metodista Episcopal Africana.
— [risos] A tendência.
— Mas a garçonete Ah, o Clube, tem o Clube, não tem Fulana? E Fulana, olhando-me com desprezo, Não sei de clube algum.
— Você agradeceu.
— E com os benefícios da cafeína, resolvi perambular matutando o *Mentiras*. Ainda no quarteirão da padaria, um casal trocou a calçada ao notar minha presença. Tenho certeza de que ouvi a palavra Urubu.
— Certeza? Ou Urubu era o desejo do escritor?
— Quase, praticamente absoluta. Enquanto não

estou escrevendo, Philip, tenho a impressão de que sou apenas humano. Irritado, revoltado, continuei vagueando e descobri um açougue *kosher* próximo de casa.

– E não é um bairro judeu.

– Está mais para um bairro Episcopal, mas não sou apto para categorizar. Faz parte desta megalópole miscigenada, em todo caso. Beijei a *mezuzah* do batente da porta e prontifiquei-me ao *display* de carnes. O açougueiro.

– Esqueceu o nome dele também?

– Messner. Conversamos um pouco. Sobre o clima. Sobre os possíveis nomes de minha filha que estava para nascer.

– Filha?

– Eu inventei, claro. Shara, Shira. Messner pendia para Shira. Alguns ortodoxos passaram por ali, *Shalom*, e eu *Shalom*.

– [risos] Certo.

– Comprei meio quilo de costela *kosher*, pedi desculpas por qualquer incômodo; o açougueiro Messner O que é isso, a culpa é *minha*; e tratei de sair, continuar a perambulação pelo bairro, antes que mais algum urubu do açougue reivindicasse a culpa inexistente para si.

– [risos] Compreendo.

– Dois ou três quarteirões adiante, o cavaleiro judeu contra os dragões *goyim*: eu esperava o sinal verde para pedestres e Mãe, por que eles têm esse cabelo *bizarro*? Faz parte da religião judeu. O que mais faz parte dessa coisa?, o chapéu? Bizarro.

– [risos] Criança mordaz.

– Enquanto atravessávamos em largos passos, a mãe sussurrou desleixada Chapéu, barba e nariz grande. E a criança olhou-me com feição desconfiada, como se meu nariz fosse meia-boca. Como se eu pudesse não fazer parte *dessa coisa*, Religião Judeu. Fui para casa revoltado, indignado; ao churrasco solitário do almoço.

– E a costela?

– É. Mas, Philip, o meu nariz, ele é meia-boca?

– O seu nariz? Como assim?

– Diga, Thaís, com sinceridade.

– Acho normal.

– Normal? Pode ser um nariz judaico?

– Não sei. Existe alguma característica específica para narizes judaicos?

– Os judeus somos fábricas milenares de narizes proeminentes e variados. Com sinceridade, Thaís.

– Sinceramente, amor, acho normal.

– Mas aqui, bem aqui, veja, não faz uma quebra? Passe o dedo.

– Uma pequena curva, mas.

– *Pequena*? Assustaria, não assustaria?, se fosse um trilho de montanha-russa.

– Essa coisinha aqui? [risos] Não seria o clímax do brinquedo. Ou seria um brinquedo monótono. Prefiro [risos] essa coisinha *aqui*.

– Thaís! Eu aprendi a usar o *kippah*, eu leio a Torá, eu deixo a barba *au naturel*.

– Natural. Já estou. Enfim, lembra daquelas anotações?, eróticas-disparates? O que não tínhamos feito? Faltou o nariz nos objetos.

– Objetos?

– [risos] Podemos tentar, mas o nariz não é o seu forte. Um objeto que não corresponderia.

– Ah, como eu odeio!

– Odeia o quê?

– Eu mesmo! E se ele for quebrado?

– Como?

— Um soco, um chute; quebrado. Pode bater com força.

— Mais essa? Não. Chega. Já passou dos limites!

―――――――― Pode bater, Philip, vai, com força. A culpa será minha.

— Você precisa entender que foi longe demais, Felipe, *longe demais*. Não adianta. Carregará todas as noites, para o leito, sua marca humana; antes de carregá-la para o leito de morte. Não adianta esconder-se em roupas pretas. Não adianta esconder-se em estudos da Torá. *Não adianta esconder-se no pau circuncidado.* Não houve recomeço algum. Você não conseguirá, nunca, desvencilhar-se desta prisão, da página em branco, da ficção. Por acaso, a coisa tornou-se *crua*? Pretende mentir para todos que é judeu? Até quando?

— Não é mentira. Eu ainda vou procurar um rabino, ainda posso me converter Você sabe que a circuncisão é absolutamente necessária para se converter, não sabe? Marina. Era natal e arranquei fora. Meu *bris* atrasado. Quando o rabino perguntar, abaixo as calças e.

— Não diga que fez isso por Marina. Ela jamais o enxergaria como judeu. Mesmo que vocês casassem, e acredito nisso, mas por que assim? Torá, *Sabbath* e o diabo. O que você está fazendo? Nenhum rabino entrará nesta história.

— Alguma coisa precisava ter sentido. Livros e livros e pesquisas. Quando conheci Betjinha, tudo ficou mais claro. E ela não me quis. Porque não sou judeu, porque o pai dela sionista. B, e, r, g, m, a, n. Precisava ter algum sentido. Pensei que o jazz, Parker. Improvisei com o Gomco.

— E qual o sentido no judaísmo?

— Qual o sentido? Estou tentando descobrir,

entender. Minha Betjinha. As cenas felizes. Mais uma. Com cheiro de balinhas.

– Não. Não. Não. O que você está fazendo?

– Eu. Descobrir minha vida. Qual o sentido. É. Encontrar. Nada. Indo longe demais.

– Remate a costura. O *Mentiras*.

– Sinto que estou fazendo tudo errado.

– Tudo é erro. Não é o que você há tantas páginas vem me dizendo? Só existe erro. *Isso* é o coração do mundo. Um personagem antagônico, oposto, judeu? Ninguém consegue encontrar sua vida, Felipe. Isso é a vida. Entender as pessoas errado, errado e errado; para depois reconsiderarmos tudo e mais uma vez entendermos as pessoas errado. Assim nós sabemos que continuamos vivos. Estando errados. *Isso* é a vida.

——————— Vou colocar o pijama.

– Está com frio?

– Para você tirar.

– Fique assim, linda.

– Amor. Amor. Já estou acostumando com essa barba.

– Quem diria.

– Música?

– Pode ser.

– Faz tempo que não ligamos o aparelho de som, não é? Tenho algo de que você vai gostar.

– Vou?

– T. Dorsey, trombone, e sua banda.

– Tommy!

– F. Sinatra no vocal. *I'll never smile again*, o jovem Sinatra. Fruto de uma loja de usados.

– Sinatra com vinte e cinco anos. *For tears would fill my eyes, my heart would realize that our romance is through.*

– Quer ouvir?

– É claro.

– Mas tudo tem um preço, [risos] naturalmente. Você quer ouvir, eu quero ganhar algo em troca.

– Tudo tem. O que você quiser.

– Uma dança.

– Dança? Você não.

– Já fui mais inflexível. O homem conduz, mas hoje eu cuido disso. E não é difícil, essa; é tão lenta.

– E tão suave.

– Apago, assim, a sua imagem com Alice e as músicas da Outra Europa.

– Minhas roupas.

– Não. Fique assim. Venha cá.

– Nus?

– É, venha.

– Aqui mesmo? Aqui? Mas.

– Não precisa ter medo, venha, é só fechar os olhos.

——————— Ela casou-se.

– Thaís?

– Marina.

– Sua Betjinha? Como? Quando? Não sei o que dizer. E aquela carta? *Bejte, você foi ótima para a minha ficção. Obrigado.*

– Eu menti: não enviei. Não tive coragem. E Marina foi definitiva para este romance.

– Não fique chateado. Ela jamais o enxergaria como judeu, de qualquer maneira; se nascer em família judaica era fator importante, o pai dela sionista, mesmo que ela não se dissesse ortodoxa.

– Não, Philip. A vida é cheia de surpresas. Ela casou-se com um *goy*.

– *O quê?* Um gentio?

– Acreditei que nosso obstáculo fosse religião. Não era; e, agora, sinto que nunca foi. Seus filhos serão judeus. Enquanto eu estava apaixonado por ela, provavelmente ela já estava apaixonada por outro homem. Tudo bem.

– Tudo bem?

– Representei o fraco papel de uma criança. Um garoto contemplando os muros da escola judaica, imaginando como é viver entre cercas judaicas, as cercas deles, no lugar das suas. E o garoto não entende.

– Que não há diferença. Mas *Tudo bem*? Ela rejeitou sua paixão sem piedade.

– Rejeitou. Devo matá-la?

– Influenciou em suas roupas, chapéu, barba. *Ela fez você circuncidar*. Você pegou o dispositivo de tortura e improvisou o solo mais dissonante e insano possível. *Circuncisão caseira*, vinte e quatro para vinte e cinco de dezembro.

– Eu poderia matá-la. Voltar, apagar este diálogo. Apagar Ela casou-se. E Ela morreu. Durante um assalto. Em desmoronamento. Atropelada. Resolve? Acidente de carro. Queda de avião. Ou que o avião, COPA, levasse Marina para bem longe. Cuba. Até F. Castro, com quem ela escondia um caso há meses. Ou que Havana a raptasse e Betjinha com Fidel no cativeiro. Resolve no universo ficcional, aqui.

– Sei.

– E descobri, entendi, que judaísmo, catolicismo, ateísmo, tanto faz.

– Não exceda em sentimentalismo.

– Como não exceder? Ela casou-se, Philip. *Casou-se com um* goy. Eu dei valor demasiado para o que não era importante. Estas roupas pretas, chapéu talmúdico, barba incontida. Fiz tudo errado. Levarei um bom tempo para me livrar do erro, do que estou carregando nas costas, talvez eu precise viajar.

– *Um gentio*! É demais.

– Poderia ter alguma coisa a ver com o livro, não acha? Com o final do livro. Seria mais interessante. Passei a manhã inteira elaborando essa última cena. Desde o café; solitário.

– Um pequeno esboço de felicidade?

– Sem felicidade, desta vez.

– De três cenas, duas serão forjadas. Elas não eram transcritas de situações reais? Para treinar diálogos?

– [risos] Transcrição, transcrição, nunca é. A ficção e o homem.

– Uma coisa só.

– Anotei aqui, no guardanapo.

ELA

Como está o livro?

ELE

Acabei a primeira versão. Diálogos terminados. Vamos brindar?

ELA

Primeira versão?

ELE

A primeira versão fica pronta na milésima quinta minuta.

ELA

(*Rindo*) Escrevendo bastante?

ELE

O tempo todo.

ELA

O tempo todo? (*Rindo*) Você não dorme, não?

ELE

[risos] Não.

ELA

Quando vai me mostrar?

ELE

Logo.

ELA

Logo, quando?

ELE

Não sei, amor. Não está pronto. Ainda preciso revisar e revisar.

ELA

Você nunca me mostra. É sobre judaísmo, não é? Eu não posso ajudar.

ELE

Você ajudou bastante.

ELA

Como assim?

ELE

Marina é personagem também.

ELA

Personagem? Como assim?

ELE

Eu sou apaixonado por você.

ELA

Não! (*O ponto de exclamação*) Que história é essa?

ELE

Esta? *Mentiras.*

ELA

Você disse Marina é personagem também.

ELE

Escrevi um pouco sobre nós.

ELA

Mas Marina? Meu nome está no livro?

ELE

Sim, por quê?

ELA

Nome e sobrenome? Sim? Eu quero que você tire! (*não se assemelha a um ameaçador dedo em riste?*)

ELE

Tirar? Por quê?

ELA

Não quero meu nome em um livro. Isso não é bacana, isso não é bacana; eu quero que você tire. Ei, escute. Você vai?

ELE

Não esperava que.

ELA

Escute. Você vai tirar!

ELE

Tudo bem, eu tiro; eu troco. Bergman, Berman, Coleman, Freudman. Basta ter as mesmas sílabas, o mesmo final. Glassman, Goldman. Viu? Shatman, Shitman, Fuckman, Youman é só um nome. Eu simplesmente troco na revisão final. Basta o mesmo número de sílabas e *man* no final. É só um nome.

ELA

Até com isso você se preocupa? Sílabas? Que exagero. Calma, não precisa ficar bravo. Eu ajudo você. Escolho um nome bem judaico. Pode ser? Um nome bem judaico.

Eles terminam o jantar caro, escolhido a dedo, em silêncio. Ele havia selecionado centenas de músicas para o jantar e o pós-jantar; havia arrumado a mesa com esmero; colocado garrafas de vinho na geladeira. Comemoravam a primeira versão concluída do livro Mentiras. *Na última garfada, ela Tenho um aniversário. Ele não é convidado. Nem mesmo isso. Nem mesmo o convite. Não é Mahler que chora na vitrola, nem mesmo é uma vitrola, é o reprodutor de arquivos no computador. E da música, submersa pela situação, nada se pode escutar. Sobre a mesa: a única garrafa de vinho que foi aberta, Mogen David, pela metade; os talheres mortos sobre pratos vazios, amarelos do molho. Ela se levanta e vai embora.*

– [risos] Agora sim.
– [risos] Vamos fingir, então, que é o verdadeiro motivo. Plausível, caso eu abrisse o jogo. Caso ela ficasse sabendo sobre sua vida ser escrita, exposta, esmiuçada. Muito mais possível do que a futura publicação *Casei com um mentiroso*; simplesmente: Ela se levantou e foi embora. É, Philip, nós podemos

fingir qualquer coisa, mas levarei um bom tempo para me livrar disso tudo. Talvez eu precise viajar, conhecer pessoas novas. E, inclusive, [risos] modificar a nossa *mezuzah*.

– Modificá-la?

– Um pergaminho com trechos picantes do *Carnovsky*.

– [risos] O quê? Você não tem jeito! Além do mais, *Carnovsky* nenhum existe.

– É disso que estou falando. [risos] Algo *treyf*. Será que Marina beijava suas *mezuzot*, escondida? Ela pode não se dizer ortodoxa, nem muito religiosa, mas no fundo.

– Religiosa fervorosa.

– E será que ela beijava suas *mezuzot* com fervor?

– Com ortodoxia?

– Será que ela ficava excitada ao lamber sua tira judaica pregada na entrada do quarto? Será que vestida? Enrolada em toalha após uma ducha? Deixando a toalha cair? Será que passando as mãos sobre os seios? Sem roupa?

– Chega.

– [risos] Vou me livrando, aos poucos, daquela insanidade toda.

– E o livro?

– O livro? Ficará conversando para sempre. E criará outras vozes.

– Ficaremos conversando para sempre?

– Até quando você acha que dura isso?

– [risos] Amanhã ou depois de amanhã.

– Para sempre; feito o mar, ah, o mar que muda constantemente sem jamais mudar. O mar nostálgico. Ondas que vem, diálogos menores e maiores, menores, algo perdido pelo caminho, soterrado na areia. Um gosto de sal. Persistente. Ou terra. Ou mostarda. Vou sentir saudade.

— Aqui? Um gosto de café. E agora?
— Encontrar-me com Thaís, terminar isto de vez. Ela, sem saber, já armou nosso fim: à trilha sonora de Tommy e Sinatra, mil novecentos e quarenta, dançando nus em pelo. Os pés afundando na cama; seu pijama vermelho sangue lembrava pegadas, *Fique assim*, amarrotado, em direção ao abismo. Cada pessoa neste mundo arranja um fim diferente. Aquele foi o nosso.
— De vez?
— Vamos brindar? Dois? Fortes e amargos?

——————— Querida, por favor, não berre desse jeito, alguém vai pensar que você está sendo estrangulada. Ah, querida, vai ser melhor para você, sabe, vai ser melhor; você vai se recuperar e vai ser bem melhor para você, então, por favor, sua vaca, volte para dentro do quarto e deixe-me ir embora.
— Você! Você e a sua vara nojenta! Pensei que você fosse uma pessoa distinta, seu pilantra, filho da puta chupador de boceta! Um intelectual! Uma pessoa educada, espiritual! Seu ordinário, cachorro mesquinho, tesudo miserável, tarado, você liga mais para as putas da Bahia, que nem chega a conhecer, do que para mim, que venho chupando há meses! E não estou falando sobre balas de hortelã!
— Se você quiser pular, pule!

——————— Cachos, barba feitos.
— Não sou bom nisso, despedidas.
— Então é o fim?
— É.

– De vez? Não foi você quem escreveu o último diálogo.

– Não? Mentira. Quem teria sido?

– [risos] Eu. E você pegou pesado, Felipe.

– Ela estava descontrolada, queria se jogar pela janela. Foi a última estocada na Vaca de Minos.

– Ambos fora da cama?

– Ela, no parapeito, as pernas balançando; eu, em pé, recostado em livros jurídicos.

– E tão curta assim?

– Culpa sua. Não foi você quem escreveu?

– Notou como o livro mais distante deste é *Deception*?

– É mesmo?

– Todos os outros têm referências diretas. Implícitas. *Transcrições*. E nem a noite derradeira com Thaís saiu ilesa.

– Era a única forma: sem brechas para recaídas.

– Você, por acaso, memorizou longos trechos para travar discussões? [risos] Para travar discussões quando era capitão do time de debates da escola? Exceto *Deception*; Felipe, entre nós, você leu *Deception*?

– E a estrutura? Evitei [chorando], [com voz melodiosa]; troquei [rindo] por [risos].

– E você riu muito mais.

– [risos] Você também riu bastante.

– Até demais.

– Ninguém estava rindo de verdade.

– São apenas palavras.

– Falando nelas, como vai a sua diferenciada Olivetti?

– Terminei alguns capítulos. Novos. Quer levá-los? Reescrevi aqueles também. Se você for mesmo viajar, pode ser um passatempo.

– Claro. Será uma honra. Obrigado.

— Também não sou bom nisso. Despedidas.
— Mas ficaremos conversando para sempre.
— Onde é que fica este café?
— Em São Paulo, sob o Cruzeiro do Sul. Newark, sob a Ursa Maior.
— Em casa. Pode ser em Connecticut?
— Pode ser na praia? Philip, eu deveria ter pintado a minha aldeia?
— Fique tranquilo. Você deu o seu melhor; forjando, desforjando, reforjando idênticas palavras. E o que elas representam é algo menor do que uma aldeia: nada mais do que o seu rosto.
— Minha cruz. O livro foi se escrevendo sozinho. A partir de algum ponto, alguma linha, aquele travesseiro tornou-se autônomo. Tudo o que estava ao meu alcance era organizar, distribuir e refazer.
— E o começo?
— Ele começou de forma curiosa. Mas poderia começar de outra forma, seja lá como ele começasse? Eu precisava de alguém para conversar. De alguém que se sentasse uma vez por dia na minha frente e assistisse à minha morte. Enquanto eu mesmo cavava meu leito, revirava as lembranças e alisava as beiradas com o forcado.
— Você acredita que está morrendo?
— Morrendo, morrendo, eu não sei. Mas a chuva na janela, Philip, espessa, a chuva insiste em não cessar. Desaparecendo, certamente, da maneira que você conhece.
— Você é um texto ambulante.
— É a conversa em que falamos mais baixinho, percebeu?
— Até os sussurros na cama de Thaís soavam mais altos.
— São tons menores, diminutos. Chega. Precisamos fazer um brinde.

— Nada de cafés fortes e amargos, tristes.

— Não.

— E nada de vinho doce *kosher*. Nada. Chega. Duas taças do melhor vinho, por favor! Espumante? Champanhe? Heidsieck, mil novecentos e sete. Quem paga a conta?

— [risos] Você. Champanhe imperial, naufragado, não foi ideia minha.

— [risos] Judeu!

— [risos] Ex-judeu? Não. Quase judeu?

— O que você se tornou, Felipe? Desistiu mesmo? Desistiu da Torá?

— Foi inevitável. Eu nunca poderia, conseguiria. Marina. Vamos deixar isso para trás. Lembra da análise que Benjamin fez, aguçada, antes de escapar dos nazistas, antes de suicidar-se quando percebeu que seria capturado por nazistas, sobre *Angelus novus*?

— Vamos lá.

— *O anjo não se importaria em se deixar ficar ali, ressuscitando os mortos e recompondo os destroços a fim de obter um conjunto. Mas eis que o vento provindo do Paraíso apanha as suas asas numa tormenta tão violenta que ele já não as pode fechar.* Vamos deixar isso para trás. É inevitável.

— Você está querendo transformar-se em anjo?

— [risos] Quero dizer que um furacão está chegando. Você rejeitou a pintura, mas eu posso deixar aqui os gatos A e B. Companhia.

— Não.

— A e B, sempre o alfabeto.

— O alfabeto e a psicanálise: [risos] A, mãe fálica, e B, pai reprimido, para futuras crias complexadas. Até os felinos. Não preciso de companhia. Já tenho a parede escarlate, uma Olivetti portátil. Tenho até a *mezuzah* com trechos do *Carnovsky*! E *não*: eu não vou lambê-la passando as mãos sobre o corpo. Serei apenas outro personagem abandonado ao final de um livro.

– Não. Você continuará escrevendo.

– Continuarei?

– Em meu teatro, mas.

– Chega. *Tratto t'ho qui con ingegno e con arte*. Chega de falar do seu livro.

– Já?

– Há uma regra, esqueceu? Escritores não conversam sobre o trabalho do outro. É impossível ser totalmente sincero por maior que seja o respeito mútuo.

– Foi o que mais fizemos. E quem pretende ser totalmente sincero aqui?

– [risos] Você não.

– Mas eu não poderia ter sido mais sincero. É o meu rosto, minha família inteira no espelho pela manhã. Acho que agora, sempre, meus olhos vão expressar um pouco dos seus. Família. Não quero chorar. Não gostaria de parecer um fraco na sua frente.

– E para que serve uma família, senão para que você seja fraco na frente dela?

– Obrigado. Tanta convivência. Posso até dizer o que você está pensando.

– Pode? Por acaso seria Você não é tão legal e polido em sua ficção?

– Não: À medida que os anos passam, não há nada para o que eu mostre menos talento do que dizer adeus para uma pessoa a quem me sinto fortemente ligado. Nem sempre me dou conta de como é forte essa ligação, antes do momento de me despedir.

– É verdade, acertou. Agora você também não sabe como agir e pensa em dizer Não sei por que, mas achei que você ainda morava em Jersey.

– [risos] Em cheio.

– E moramos aqui.
– Valeu. Chega. Obrigado, muito obrigado. Um abraço?

Epílogo ———

———— O drama está pronto, mas veja, Thaís, devo confessar: *eu* escrevi aquela coisa de pular pela janela, aquela briga, os palavrões.

– Não entendo. O que é que você tem a ver com os meus sentimentos?

– Felipe nunca escreveria palavras como Vara ou Boceta. Ele fala sobre a revolução, mas não consegue escrever uma sacanagem. Talvez, na verdade, não consiga assumir. Sabe a orgia que lhe foi oferecida em sala de espelhos? Ou o banho de vinho, com você beijando e lambendo? Foram imagens difíceis para ele, e ainda assim, foram imagens translúcidas. Como se detrás de um biombo, a silhueta. Pau, nossa, como foi duro escrever Pau; [risos] e nada mais vulgar do que isso, algumas vezes.

– Philip, não estou entendendo. Você me sequestra para um café, o lugar é estranho, branco e essa parede escarlate. Que horas são? Não tem sentido. O Felipe escreveu, pau, vara, você, biombo, como assim? Quem chupou, na verdade, fui eu. E além do mais, ele não consegue escrever uma sacanagem? Pois adora fazer.

– Este lugar, querida, é estranho porque não existe. [risos] Lugar mais estranho. A chuva é incessante lá fora, incessante há meses; é minha casa, eu só existo desta forma neste café. E vou mais longe: o Felipe, da forma como você conhece, só existe em sua cama. E vou mais longe ainda: o Felipe da forma como nós conhecemos, só existe no papel.

– No papel? Chove o tempo todo lá fora? Eu moro pertinho daqui, pouquíssimos quarteirões, sempre gélido, frio, e zero chuva.

– Em seu apartamento está sempre gélido, frio. Metade no frio, metade na chuva. São metáforas, querida; uma pena, mas você não entenderá. São truques.

– Metáforas? Truques?

– É. Aos poucos ele preparou a tela, construiu este amplo cenário: a alma em alvoroço de um homem, suporte para as linhas de um rosto. Se esse homem é Felipe, o Felipe de fora da literatura, não sei dizer. Afinal, só pude conhecê-lo como ele quis apresentar-se para mim. E, certamente, apresentou-se de outra forma para você; e, certamente, apresenta-se de infinitas formas para quem o lê.

– Infinitas? Ler?

– E os personagens, nós quatro.

– Quatro?

– Somos apenas um, percebe? Cada qual com peculiaridades, idiossincrasias, mas com palavras da mesma forja. Ao final, o *objective correlative* de T. S. Eliot, formando uma única emoção, *particular*, através de cento e sessenta e dois diálogos: uma grande metáfora.

– É, Philip, eu conheço um analista.

– Ele, por acaso, não é um senhor respeitável, um senhor discreto que publica artigos expondo e analisando as nossas intimidades? Spielvogel, não é esse o nome?; não?, ele tem voz de pigarro?, ele trepava com a sua mãe?; talvez seja, então, o pós-graduado, Mestre, Doutor, em seu excelente Manhattan; ou a que ensinou a fazer o amargo drinque de Campari.

– Ele pediu esse drinque, eu preparei: água tônica, meio limão espremido e. *Você sabe da minha mãe?* Não estou entendendo. Felipe também era incompreensível de vez em quando.

– Talvez porque ele não falasse *para você*, querida.

– Falasse para quem, então?

– Nesta altura? Isso importa? Não falava para você. Não escrevia para você. Não existe você, Thaís, assim como não existo eu. Talvez seja escrito para *ninguém*.

– Talvez, talvez, talvez; não, não, não; nunca, nunca, nunca.

– E um toque de arrogância. Um toque de duplo sentido, triplo sentido, [risos] *nonsense*.

– Como?

– [risos] Aposto que ele apagaria isto, já escuto a objeção, resmungando sobre o *nonsense*. Enfim, respondo como: de maneira que nem o Felipe de fora da literatura, o Felipe-autor, consegue lembrar. Ou seja: o sentido agora está aberto. Seria esta a melhor forma de amenizar o passado angustiante? Dividi-lo, transformá-lo em novas interpretações? Com a plateia julgando, entendendo errado.

– Ele ameniza o passado mentindo. Vocês dois mentem e mentem. Que horas são? Onde está a noite? Já não deveria?

– Sendo adiada, retida, suspensa.

– Adiada? Por quê?

– Para provocar a sensação abrasadora de que não virá mais nada depois deste momento; ou de que nada mais vai acontecer; ou de que nós estamos entrando em um caixão entalhado no tempo, de onde nunca mais seremos libertados. Cada palavra, um prego.

— Pare! Vocês dois mentem e mentem e só! Estou chocada, ou *indignada*, ou decepcionada. O filho da puta aparentemente abandona o disfarce no *exato momento em que está mentindo mais*!

— Não chore, por favor.

— Eu quero falar com ele.

— Querida, aquele Felipe morreu.

— M-m-morreu? C-c-c-como?

— Viveu como morreu, morreu como viveu, construindo fantasias sobre seres amados, fantasias de adversários, fantasias de conflito e desordem, sozinho dia após dia em seu estúdio sem gente, continuamente buscando através do solitário artifício literário dominar aquilo que, na vida real, tinha medo demais para enfrentar.

— C-c-c-c-como?

— Suicídio. O fim que ele arranjou. Não chore. Apenas levantou desta mesa, ontem, abraçou-me com força e atravessou aquela porta branca para descer a rua. Descê-la feito equilibrista, contra a corrente, barcos contra a corrente, passo a passo na linha que separa o presente do passado, o coerente do insano, a vida da prosa. À trilha sonora do *Kadish*, severo, implacável; recitado por ele mesmo. *Yisgadal v'yiskadash...* Descê-la para, artista da fome, desaparecer, deixar seu Teatro Indecente.

— Quer dizer que n-n-n-n-nunca mais? Brigamos, sei disso, mas o am-m-mor. N-n-nós já t-trocamos as roupas ínt-timas, sabia? Eu am-m-mava até as ind-d-d-decências e as estranhezas recentes: barba, cabelo, exigência pela circuncisão em p-p-pleno Natal, roupas p-p-pretas, leitura daquela t-t-tal de Torá. Quer dizer que?

— Nunca mais. Talvez ele apenas tenha acordado de um sonho inquietante, e.

— Mas ele falou que n-não sonhava! Eu est-t-tava gostando da barba!

— Talvez ele apenas tenha acordado da ausência de sonhos intranquilos, e percebido que metamorfose nenhuma ocorrera. É uma prisão. Não chore, por favor.

— *Nenhuma*? E isso é m-m-motivo? E quanto a m-mim? E agora?

— Nesta altura, Thaís, você terá de sumir para sempre. Foi traída novamente; você nasceu apenas para isso. Talvez ande pelas ruas algo próximo do que Felipe apreendeu de você, ou do que o leitor apreendeu do que Felipe apreendeu de você. Mas neste ponto, sem dúvidas, você deixa de existir.

— Traída? Sumir? Talvez, t-t-talvez. Deixar de existir? São minhas últimas palavras? E o que acontece c-com v-v-v-você?

— Foram suas últimas palavras, gagas como na infância. Eu? Quem sabe eu volte em outro livro. Mas o que vem depois não vem ao caso. [risos] Quase oitenta, com pés no chão e pontes de safena no peito, adeus, talvez não haja mais tempo.

Curitiba, 6/1/2010 – 19/3/2011
São Paulo, 26/10/2015 – 18/11/2015

© Editora NÓS, 2016
© Felipe Franco Munhoz

Direção editorial SIMONE PAULINO
Projeto gráfico BLOCO GRÁFICO
Revisão FÁBIO BONILLO
Produção gráfica ALEXANDRE FONSECA

Dados Internacionais de Catalogação na Publicação (CIP)
(Câmara Brasileira do Livro, SP, Brasil)

Munhoz, Felipe Franco
  Mentiras: Felipe Franco Munhoz
  São Paulo: Editora Nós, 2016
  208 pp.

ISBN 978-85-69020-07-3

1. Romance brasileiro I. Título.
16-00857 / CDD-869.3

Índices para catálogo sistemático:
1. Romances: Literatura brasileira 869.3

Todos os direitos desta edição reservados à Editora NÓS
Rua Funchal, 538 – cj. 21
Vila Olímpia, São Paulo SP | CEP 04551-060
[55 11] 2173 5533 | www.editoranos.com.br

Fonte
ADELLE
Papel
POLÉN SOFT 80 g/m²
Impressão
ORGRAFIC
Tiragem
1000